dtv

Alles Gute
zum Geburtstag
und vielen Dank
für Dein Mit-Tun,
lieber Jürgen!
Angelika

24/08/18

»So etwas wie alte Liebe, die sich in Freundschaft verwandelt, das gibt's doch. Aber nicht für uns. Auf gar keinen Fall. Das war nichts für uns ...« Die Geschichte einer Lebensliebe im Rückblick. Zwischen der jungen B. und A., dem bedeutenden Theaterregisseur. Es ist eine Liebe, die im Ost-Berlin der Siebziger Jahre mit der gemeinsamen Leidenschaft für Kleist beginnt. Die Frau ist fünfzehn Jahre jünger, neu im Theaterfach, unentschlossen, ob sie Malerin, Schriftstellerin oder Theatermacherin werden soll, und unsterblich verliebt. A. entzieht sich immer wieder, weist sie ab, außerdem ist er verheiratet und hat Kinder. Nur einmal, während eines Besuchs in Moskau, sind sie ein Paar – dann kommt es zur Trennung. A. setzt sich in den Westen ab und macht Karriere. Die Zurückbleibende lebt ihr Leben, heiratet und wandert nach Frankreich aus. Doch das Band zwischen den beiden bleibt bis zu A.'s Tod durch Briefe, Notizen und Bilder sechsundzwanzig Jahre und neun Monate erhalten. Es ist eine Liebe, die B. durch ihre wichtigsten persönlichen Entwicklungen trägt, eine schwierige, kontroverse und streitsüchtige Liebe, die sie fordert und herausfordert und die machte, dass sie sich selbst näher war.

Barbara Honigmann, 1949 in Ost-Berlin geboren, arbeitete als Dramaturgin und Regisseurin. Ihr schriftstellerisches Werk wurde mit zahlreichen Preisen ausgezeichnet, u. a. dem Heinrich-Kleist-Preis, dem Koret Jewish Book Award, dem Solothurner Literaturpreis, dem Max-Frisch-Preis und dem Elisabeth-Langgässer-Literaturpreis.
Barbara Honigmann lebt in Strasbourg.

Barbara Honigmann

Bilder von A.

Deutscher Taschenbuch Verlag

Von Barbara Honigmann
sind im Deutschen Taschenbuch Verlag erschienen:
Alles, alles Liebe! (13135)
Damals, dann und danach (13008)
Eine Liebe aus nichts (13716)
Ein Kapitel aus meinem Leben (13478)
Soharas Reise (13843)
Roman von einem Kinde (12893)

Ausführliche Informationen über
unsere Autoren und Bücher
finden Sie auf unserer Website
www.dtv.de

2013 Deutscher Taschenbuch Verlag GmbH & Co. KG,
München

Umschlagkonzept: Balk & Brumshagen
Umschlagbild: ›Der Radfahrer‹ von
Barbara Honigmann
Druck und Bindung: Druckerei C. H. Beck, Nördlingen
Gedruckt auf säurefreiem, chlorfrei gebleichtem Papier
Printed in Germany · ISBN 978-3-423-14240-3

Damals, in Berlin, im Osten, aber vielleicht auch noch später, im Westen, davon erwähnte er in seinen Briefen nichts, fuhr A. immer mit dem Fahrrad durch die Stadt, zum Theater und vom Theater und alle sonstigen Wege hin und her. Manchmal brachte er mich mit dem Fahrrad nach Hause, dann setzte ich mich vorne quer auf die Fahrradstange, und A. lenkte sozusagen an mir vorbei durch die Straßen. Das war aber verboten, in der DDR war ja fast alles verboten, und einmal hielt uns ein Volkspolizist an:

»Absteigen!«

»Ja, warum denn?«

»Das ist verboten.«

Was denn nun schon wieder verboten sei?

»Einen Fahrgast auf der Fahrradstange zu transportieren!«

Aber warum denn um Himmels willen?

»Wegen der Gefährlichkeit!«

»Wegen der Gefährlichkeit!« A. und ich kriegten einen hysterischen Lachanfall, und der Volkspolizist nahm Reißaus, er bekam wohl Angst, wir könnten Verrückte sein, und dafür war er nicht zuständig. So fuhren wir also ruhig weiter durch die Stadt und noch ein paar Extrarunden durch den Friedrichshain, unseren »Central Park«, in dessen Mitte sich, als Symbol für das sprichwörtliche Gras, das über alles wächst, der »Mont Klamott« erhebt, aber auch Bäume, Sträucher und Blumen wachsen dort inzwischen üppig, als ob es nie einen Krieg gegeben hätte, und ein Weg schlängelt sich über den aufgehäuften Ruinen der zerstörten Stadt bis zu einer Aussichtsplattform, von der man Berlin in alle Himmelsrichtungen, also auch bis in den Westen hinübersehen kann. Den Weg hoch mußte A. sein Fahrrad natürlich schieben, aber hinunter rasten wir nur so und schrien in den Kurven, weil es so aufregend war.

Irgendwann tat mir der Hintern vom Auf-der-Stange-Fahren weh, gefährlich war es zwar nicht, aber sehr bequem war es auch nicht gerade. A. begleitete mich nach Hause in meine Kniprode-Straße, gleich hinter dem Friedrichshain, die gerade in Artur-Becker-Straße umbenannt worden war, darüber regten sich die Leute in meinem Haus noch lange auf, »wozu denn das nun noch!« Artur Becker war ein kommunistischer Antifaschist, der während des Spanienkrieges in den internationalen Brigaden gekämpft hatte und dann erschossen worden war, diese Geschichte kannte aber kein Mensch, und sie interessierte auch keinen Menschen in meinem Haus, es reichte schon, daß der kleine Park neben der S-Bahn-Station jetzt nach einem hingerichteten Antifaschisten Anton-Saefkow-Park hieß und daß es im ganzen Umkreis noch mindestens fünfzehn andere Antifa-Kämpfer-Straßen gab. Die Leute wollten ihre Kniprode-Straße wiederhaben, wer immer der Herr Kniprode gewesen sein mag, er war bestimmt kein Antifaschist, und die Straße habe doch schon immer so geheißen, noch in »Friedenszeiten«, zeterten die Leute. Heute wohnen sie, wenn sie noch leben, wieder in der Kniprode-Straße.

Der Radfahrer, das erste Bild von A. also. Ich malte es auf ein Brett, das ich aus meinem Bücherregal nahm, auf diese Weise entstand dort gleichzeitig eine höhere Abteilung für Kunstbücher. Der Radfahrer ist längs auf das Regalbrett gemalt, *en face*, er fährt direkt auf den Betrachter zu; ein Mann *en face* auf einem Fahrrad verliert jeden Raum, jedes Volumen. A. hält seine rechte Hand an die Stirn, er hat, wie so oft, Kopfschmerzen. Der Hintergrund ist changierend in Lila-Grau-Gelb mit starker Wolkenbildung gehalten, dramatisch. Das Längsformat war für die Abbildung von A.s langen Beinen nötig, die er mit allen Fluchttieren gemeinsam hatte, Gazellen, Giraffen, Antilopen.

Entflohen ist er seit langem.

Wenn ich an A. denke, bin ich verletzt, beleidigt, fühle mich abgewiesen und ausgenutzt, er ist mir fern, fremd, unverständlich, und ich liebe ihn.

Wir sind, wie man so sagt, im Bösen auseinandergegangen. Unversöhnt.

A. ist jetzt tot.

Gerade habe ich seine Briefe gezählt. Es sind viele über hundert, Gedichte, Notizen, Essays und Textentwürfe nicht mitgerechnet. Ich habe nicht bis zu Ende gezählt. Blätter über Blätter, manche vergilben schon, das Papier ist mürbe geworden und fängt an zu zerfallen, die Tinte ist an manchen Stellen verblichen, denn A. schrieb oft mit dem Füllfederhalter.

Ich werde ihm wahrscheinlich tausend Briefe geschrieben haben, Gedichte, Traumblätter, Zeichnungen, aus Büchern abgeschriebene Seiten und Manuskripte nicht mitgerechnet. Seine letzte Frau oder Freundin, ihren Namen habe ich mir nicht gemerkt, hat mir nach seinem Tod alle meine Briefe und Sendungen zurückgeschickt. Eingeschrieben. Ich mußte auf der Post Schlange stehen, um das Paket entgegenzunehmen. Mußte mich ausweisen. Zu Hause habe ich sie dann zusammen mit seinen Briefen, die ich in verschiedenen Pappkartons immer mitgeschleppt hatte, in eine mit bunten Blumen verzierte Blechkiste umgebettet und eingesargt. Eine amerikanische Blechkiste, die, wie alles Amerikanische, überdimensioniert ist und auf deren Deckel *Worthley & Strong Fruit Company Inc. California* steht. Eine Freundin hatte sie mir geschenkt, sie meinte, man könnte darin große Mengen Kuchen und Kekse »für ewige Zeiten« aufbewahren – ich habe bis heute nicht verstanden, wozu jemals soviel Kuchen und Kekse »für ewige Zeiten« aufbewahrt werden sollten. Natürlich habe ich meiner Freundin nie gesagt, wozu ich ihre Kiste umfunktioniert habe: zur Gruft einer Korrespondenz, die immerhin fast dreißig Jahre angedauert und die »ewigen Zeiten« von Kuchen und Keksen vielleicht noch übertroffen hat.

In all den Jahren, die unsere Korrespondenz andauerte, sind wir weit auseinander gekommen. Ich lebe jetzt in einer Stadt, die A. nie betreten hat, mit Yoav, den er nicht kennt.

Unsere Wege haben sich voneinander entfernt, und wir sind doch verbunden geblieben, unauflöslich und unerlöst in irgendeinem Ich-weiß-nicht-Was. Liebe war es vielleicht oder vielleicht auch nicht. Freundschaft war es jedenfalls nicht, oder wir wollten es nicht so nennen, wollten es überhaupt nicht benennen und regelhaft zuordnen. So etwas wie eine alte Liebe, die sich in Freundschaft verwandelt, das gibt's doch. Aber nicht für uns. Auf gar keinen Fall, ausgeschlossen. Das war nichts für uns, sich ab und zu anrufen, wie geht's, wie steht's, was machst du gerade, hast du das und das gehört von dem und dem, und wie ist bei euch das Wetter, wie geht's deinem Mann, deiner Frau und den Kindern.

Zuerst, damals in Berlin, haben wir uns die Briefe oft unter die Tür geschoben, in der DDR hatte ja fast niemand ein Telefon, und der Post konnte und wollte man sowieso nichts anvertrauen. Manchmal waren es auch nur Zettel, manchmal ein Liebeswort, manchmal ein böses Wort, manchmal eine Kunstpostkarte, an der wir noch weitergezeichnet hatten und die dadurch alle möglichen Anspielungen und Botschaften erhielt, manchmal ein paar Zeilen aus einem Gedicht, ein aufgeschnapptes Wort oder eine ganze Seite aus einem Buch, den Text eines Dichters, den man besser in sich eindringen lassen konnte, wenn man ihn mit der Hand abschrieb, weil er Worte enthielt, in denen wir wiederfanden, was wir dachten und fühlten.

Sicher hatte er in den ersten Zeiten gerade in seiner Einsamkeit mit Vergnügen daran gedacht, er werde durch das Medium seiner Werke aus der Entfernung denjenigen, die ihn verkannt oder beleidigt hatten, eine höhere Meinung von sich geben können. Vielleicht lebte er damals nicht aus Gleichgültigkeit so zurückgezogen, sondern aus Liebe zu den anderen, und wie ich auf Gilberte verzichtet hatte, um ihr eines Tages von neuem unter liebenswerteren Farben zu erscheinen, bestimmte er sein Werk ganz gewissen Leuten, sah es als eine Rückkehr zu ihnen an, durch die sie ihn, ohne ihn wiederzusehen, dennoch lieben, ihn bewundern, mit ihm in Beziehung stehen würden.

Oft waren es auch nur kurze Mitteilungen über mögliche Verabredungen, die einfache Frage, ob wir uns sehen wollten oder nicht, und wenn ja, wann es dann paßte.

Zettel von A., daß er vorbeikommt. Aber wann? Ob am Abend oder am späten Nachmittag, kann er nicht sagen, eher am Abend, vielleicht auch erst übermorgen, morgen geht es nicht, überhaupt nicht, übermorgen ist auch unsicher, also am späten Nachmittag oder zum Abend, ich weiß nicht, ich will's versuchen, ich werd's versuchen. Umarmung. Bis dann!

Und dann saß ich bis zum Sendeschluß, den es damals noch gab, vor meinem Fernseher, auf den ich immer mit der Faust hauen mußte, um den Sender zu wechseln, und wartete.

Das ewige Warten. Vielleicht klopft er. Die Klingel ging ja nicht. Vielleicht ruft er im Hof. Die Haustür wurde ja um acht abgeschlossen. Fernseher leise. Warten.

Warten ist Erstarren.

Warten ist Angsthaben.

Von Anfang an waren wir uns immer gleichzeitig zu nah und zu entfernt, wußten nicht, wie wir es sagen, wie es ertragen sollten, und fühlten uns sowohl verloren in der Zeit und am Ort, jeder aus seinen Gründen, aber festhalten konnten wir uns nirgends und am wenigsten aneinander. Irgend etwas zwischen uns wog zu schwer und hörte nicht auf, an uns zu zerren. Vielleicht gibt es auch keine helle Liebe auf der Welt, schon gar nicht zwischen zweien, die vom Theater sind und dazu von so unterschiedlicher Herkunft, die sie aber nicht beachten wollten, an die sie überhaupt nicht dachten und von der sie sich auch nichts erzählten. Sie sprachen ja immer nur über Kleist und lasen sich gegenseitig Kleist vor.

A. ist jetzt tot.

Das erste Treffen zwischen A. und mir hatte unser gemeinsamer Freund Valentin arrangiert. Er wußte, daß A. noch einen Mitarbeiter für seine Kleist-Inszenierung in der folgenden Spielzeit suchte und ein großes Projekt in seinem Kopf wälzte, für das es eines verschworenen Ensembles und der Mitarbeit aufrechter Getreuer bedurfte. Und Valentin wußte, daß ich mich schon während meines Studiums und später als Dramaturgin mit Kleist beschäftigt und einige Kleist-Bilder gemalt hatte, denn Valentin war Maler, und wir zeichneten und malten oft zusammen. So hatte er ein gemeinsames Gespräch vorgeschlagen, bei sich zu Hause, in seiner Hinterhofwohnung in der Bersarin-Straße, bei dem wir uns kennenlernen und unsere Kleist-Vorstellungen schon einmal austauschen könnten. Und dann würde es eben klappen oder auch nicht.

Es klappte.

Ich kam natürlich zu spät, und A. sagte hinterher, gleich als du deinen Kopf durch die Tür gesteckt und so frech gegrinst hast, wußte ich, was geschehen wird. Dabei hatte ich nur mein Ankommen durch ein schnelles Hallo, guten Tag, hier bin ich, bekunden wollen, bevor ich mir den Mantel auszog und an den Haken im Flur hängte.

A. war gerade von seiner ersten West-Inszenierung zurückgekehrt, es war die Zeit, als die DDR begann, ihre Regisseure in den Westen zu »exportieren«. In München, vielleicht war es auch eine andere Stadt, hatte er *Die Wupper* von Else Lasker-Schüler inszeniert, ein Stück, das nur selten aufgeführt wird, und dabei hatte er ihr Werk, ihr Leben und ihre Zeichnungen, die er bis dahin nur vom Hörensagen kannte, für sich entdeckt. Er stand noch ganz im Banne dieser Entdeckung und sei, wie er mir später sagte, nicht nur über mein Grinsen schockiert gewesen, als er mich sah, sondern darüber, wie ähnlich ich der Lasker-Schüler sähe, so schwarz und dunkeläugig. Offensichtlich wußte er nicht, oder wollte es auch nicht wissen, daß deutsche Juden oft so aussehen, also vom »dunklen Typ« sind, oder wenigstens einige von ihnen, wie zum Beispiel die ganze kleine Schar meiner jüdischen Freundinnen, was zur Folge hatte, daß wir damals in Berlin immer und überall miteinander verwechselt wurden, in Läden, im Café, in der Bibliothek, Wera, Helga, mehrere Evas und ich.

Weil ich auch noch mit einer Schüler-Verwandtschaftslinie aufwarten konnte und dazu mein Geburtstag nur um einen Tag von dem Else Lasker-Schülers verschoben ist, nannte mich A. dann einfach Prinz Jussuf und prophezeite mir, ich würde eines Tages auch noch Gedichte schreiben, was ich heftig verneinte.

Mein Onkel Andreas Schüler, eigentlich ein Cousin meines Vaters, ich weiß nicht, wie man das nennt, war alles andere als ein Dichter, vielmehr Professor für sozialistische Ökonomie in Ilmenau. Manchmal kam er zu sozialistischen Ökonomie-Tagungen nach Berlin, dann wohnte er bei uns und wir sahen uns abends zusammen im Westfernsehen einen Krimi an, den er immer schlau kommentierte. Ich mochte ihn, weil er temperamentvoll und witzig war; das Temperament war vielleicht ein Schüler-Erbteil, der Witz kam aus den bitteren Erfahrungen der Ausgrenzung und des Exils, wie bei meinen eigenen Eltern und denen von Wera, Helga und mehreren Evas auch.

A. war jedenfalls sehr beeindruckt über dieses Zusammentreffen, und so erzählte er erst eine ganze Weile von Else Lasker-Schüler und seiner *Wupper*-Aufführung, bevor wir den Rest des Abends dann über Kleist und sein Werk, seine Stücke, seine Prosa, seine Briefe und natürlich auch sein Leben sprachen, dessen Spuren ja buchstäblich vor unserer Haustür lagen. Valentin wurde es irgendwann zuviel, er verzog sich auf sein Sofa, das auch sein Bett war, und war bald eingeschlafen. Wir rollten ihn in seine Decke, zogen die Wohnungstür leise hinter uns zu und fanden uns auf der nächtlichen Bersarin-Straße, Ecke Karl-Marx-Allee wieder. A. begleitete mich nach Hause, Bahnen oder Busse fuhren schon längst nicht mehr, und wir suchten sowieso nach den größtmöglichen Umwegen, auf denen sich die Kleist-Inszenierung ins Unermeßliche steigerte und wir uns gegenseitig zu einem ganz großen, ganz unkonventionellen, poetischen, experimentellen, avantgardistischen und natürlich subversiven Projekt befeuerten. Denn wir identifizierten uns über alle Maßen mit Kleist und vereinnahmten sein Unglück, seine Wut und Verzweiflung über seine Ohnmacht, die wir aus seinen Werken und Briefen herauslasen, für unsere eigene Wut und Verzweiflung: *Dies Land ein Grabeshügel aus der See.*

Kleist sprach von Preußen, aber wir meinten die DDR. Darüber waren wir uns von Anfang an einig, A. und ich, und daß auch wir *unser Herz mit uns herumtragen, wie ein nördliches Land den Keim einer Südfrucht. Es treibt und treibt und kann nicht reifen.*

Damals konnten wir unser tägliches Unglück und die immerwährende Unzufriedenheit noch auf die politischen Verhältnisse in der DDR schieben, und erst später merkten wir, daß wir damit zwar nicht unrecht, aber auch nicht recht hatten, und wenn uns auch schon in vielen Romanen, vom Leben ganz zu schweigen, die *Comédie humaine* vorgespielt worden war, war es, als wir später in den Westen kamen, doch eine Enttäuschung, als wir uns dort gezwungen sahen, unsere Rollen einzunehmen und in dieser Komödie mitzuspielen, während wir das in der DDR noch dramatisch verweigert hatten; vielleicht hatten wir gegen Windmühlen gekämpft, aber doch auch um unsere Würde, und aus diesem Kampf, wenn wir nicht gerade in Resignation verfielen, eine gewisse Energie und Hoffnung gewonnen.

Auf dem langen Marsch über die Karl-Marx-Allee

kamen wir auch zu der Stelle, wo nun ein dummer leerer Platz an etwas Verschwundenes erinnerte. Trotz unseres Altersunterschieds erinnerten wir uns noch beide an das riesige Stalin-Denkmal, das hier gestanden hatte, und an die zahlreichen peinlichen und pharaonenhaften Zeremonien und Veranstaltungen, die davor abgehalten worden waren, A. hatte damals noch als Mitglied der neuen deutschen sozialistischen Jugend an ihnen teilgenommen, und auch ich konnte mich noch an eine solche Veranstaltung erinnern, bei der ich als kleines Mädchen an der Hand meines Vaters gespürt hatte, wie ein schaurig bewegtes Freudengefühl von ihm auf mich überging. In einer anderen Erinnerung läßt er mich einen Blumenstrauß an der Stalin-Statue niederlegen, während er im Auto wartet; vielleicht war das kurz nach Stalins Tod.

A. und ich schüttelten uns, als wir uns an der dummen leeren Stelle unsere Erinnerungen erzählten, als könnten wir sie damit abwerfen, dann lachten wir einfach los, und dann küßten wir uns, während gerade die Sonne aufging und gleichzeitig aus dem ersten Morgenlicht ein Riesenlaster mit einem Anhänger auf der menschenleeren Straße auftauchte, als er an uns vorbeikrachte, hupte der Fahrer uns aufmunternd zu, und wir winkten lachend zurück.

Und dann kam es, wie es kommen mußte, A. begleitete mich in meine Dachwohnung in der gerade umbenannten Kniprode-, jetzt Artur-Becker-Straße, wir küßten uns wieder, in meiner Küche, auf dem Bett, aber die Nacht verbrachte er nicht bei mir, und das tat er auch später nie. Ich glaube, wir wollten beide vermeiden, uns beim Frühstück gegenüberzusitzen und zu fragen, möchtest du Käse oder Marmelade? Nur kein Alltag, sondern nur Poesie! Nur Kleist!

Er hatte in meinem Zimmer schnell einen kleinen Zettel entdeckt, der mit einer Reißzwecke zwischen all die Bilder, Fotos und Zitate meiner Götter und Heroen an die Wand geheftet war. Diese Götter und Heroen waren Dichter und Künstler, die Bilder Reproduktionen von Kunstwerken und Fotos von Freunden, aber auch das Foto einer Familie, Vater, Mutter, Sohn, ganz bürgerlich gekleidet, während des Aufstands im Warschauer Ghetto hinter einem Maschinengewehr liegend, war dabei, Goethe von hinten am Fenster in Italien, Thomas Brasch von vorn im durchgehangenen Sessel in seiner Bude in Berlin, das Porträt des geschaßten Akademiemitglieds Sascha Nekritsch aus Moskau, auf das er »Für meine geliebte Mädchen« geschrieben hatte, denn er war ein sehr ernsthafter Wissenschaftler und Schürzenjäger, eine Zeichnung von Else Lasker-Schüler, *Prinz Jussuf geht zu Gott*, eine Katze von Giacometti und eine Umarmung von Picasso – an vieles erinnere ich mich heute nicht mehr. Die ganze Ansammlung war so etwas wie ein Schrein der Geister, die mir Mut zusprechen sollten.

Diese Art Schrein gehörte zur Ausstattung aller, die wie ich am Rande des Kulturbetriebs in einer vagen Opposition zum Staat lebten. Aber auch ein ausgesprochener Dissident wie Wolf Biermann dichtete seine Lieder vor einem solchen Schrein, ließ sich von seinen Göttern, darunter auch das einzige Foto seines in Auschwitz ermordeten Vaters, ermutigen und beschützen. Unsere Bücherregale waren von oben bis unten gespickt mit Bildchen, Bildern, Blättern, Fotos, gedruckten oder handgeschriebenen Zitaten, die alle dazu dienten, uns Beistand zu leisten und durch ihre Kompromißlosigkeit, manchmal sogar Opferbereitschaft als Beispiel zu dienen.

Auf dem Zettel an meinem Regal, den A. sofort entdeckt hatte, standen Worte, die mir einmal im Traum erschienen waren, wie ich ihm gleich erklärte, in genau dieser Reihenfolge waren sie mir erschienen, sagte ich ihm: *stärker, größer, schöner, leidenschaftlicher, dunkler.* A. las die Worte laut, und nachdem er sich alle anderen Bilder, Fotos, Zitate gründlich angesehen, ja studiert hatte, entschied er, diese Worte sollten unsere »Losung« sein. Für unser beider Leben, für unsere Liebe, für unsere Kunst. Und dann bat er mich, ob er noch ein Wort hinzufügen dürfte, ich erlaubte es ihm, in Klammern, mit Bleistift, und er fügte in Klammern dazu *dicker.* Er fand nämlich, daß ich zu dünn sei und gut ein paar Kilo zunehmen könnte. Über diesen ganzen Unsinn, daß Frauen schlank sein müssen, hatte mich auch mein Vater schon frühzeitig aufgeklärt, indem er mir versicherte: Männer möchten gerne wissen, was sie in der Hand haben!

So sollte es immer bleiben: stärker, größer, schöner, leidenschaftlicher, dunkler. In Klammern: dicker.

Ja, gleich am ersten Abend, nachdem wir uns kennengelernt hatten, fielen oder stiegen wir in die *Sfäre der Poesie, in der alles entschiedener, jede Function höher und lebendiger ist und farbiger in die Augen springt,* wie Novalis sagt.

Ich war toll in A. verliebt und toll vor Poesie, und er war es wohl auch, wegen Kleist und wegen Else Lasker-Schüler und wegen des dummen leeren Platzes, wo wir uns umarmt und der Laster uns im ersten Morgenlicht zugehupt hatte, und wegen all der Bücher und Werke und Verse, über die wir gesprochen hatten und von deren Energie wir verstrahlt zu sein meinten. Und wegen der Worte, die mir im Traum erschienen waren: stärker, größer, schöner, leidenschaftlicher, dunkler.

Ich sagte, mein Beruf wird »Liebhaberin« sein. A. hat gelacht, aber er fand es ganz in Ordnung.

Das offizielle Einstellungsgespräch beim Intendanten fand eine Woche später statt. Nachdem auch er begriffen hatte, daß ich eine bedingungslose Kleistianerin war und auch das nötige Universitätsdiplom hatte, bekam ich einen Vertrag als Dramaturgieassistentin für das Kleist-Projekt des *Berliner Theaters.* Der Vertrag war auf eine Spielzeit begrenzt. Unterschrift. Stempel.

A. war fünfzehn Jahre älter als ich und ein bekannter Theaterregisseur. Einige seiner Inszenierungen am *Berliner Theater* waren legendär geworden, damals in den 70ern, ich hatte sie viele Male gesehen, kannte sie auswendig. Die Vorstellungen waren fast immer ausverkauft, viele Zuschauer kamen für einen Abend extra aus Westberlin in den Osten angereist, um die auch, oder besser gesagt, gerade im Westen gerühmten Inszenierungen nicht zu verpassen. Daß sie weiter am *Berliner Theater* gespielt werden durften, verdankte sich oberflächlichen Änderungen, Arrangements mit den Zensurbehörden und der Fürsprache einiger Prominenter, aber auch dem immer vollen Haus und begeisterten Publikum, mit dem die zuständigen Parteistellen oder gar ZK und Politbüro sich nicht zu konfrontieren wagten, um keine Explosionen zu riskieren, denn von der Sprengkraft, die Theateraufführungen zu öffentlichen Manifestationen, wenn nicht Revolutionen umschlagen lassen können, hatten sie auch schon gehört.

Ich hingegen hatte mein Studium erst seit wenigen

Jahren beendet und seitdem wie zufällig immer mit Kleist »zusammengearbeitet«, zuerst an einer glücklosen Inszenierung der *Penthesilea*, die niemals zur Aufführung kam, und danach am *Amphitryon* an einem Provinztheater. Das junge Ensemble dort hatte sich viel vorgenommen, um die Provinz auf seine kulturelle Höhe zu hieven. Ich trug zu dieser Mission bei, indem ich für das Programmheft einen Aufsatz über das Doppelgängermotiv schrieb, mit dem ich, wenn schon nicht die Provinz, so später doch A. beeindrucken konnte, als ihm selbst diese Dopplungen und Verwechslungen im Kopf herumgingen, die bei Kleist, im Gegensatz zu Molière, tragisch grundiert sind.

Wir sprachen lange darüber und fanden, sie entsprächen den Spaltungen, denen wir uns damals selbst ausgesetzt sahen, der Unmöglichkeit, mit uns selbst und der Welt, in der wir lebten, eins zu sein. Weil uns dieser Schmerz in Kleists Stücken gewissermaßen entgegensprang, sahen wir ihn stets als einen von uns, als unseren Genossen an.

Wenn man am Theater reüssieren, wenn man am Theater nicht untergehen will, dann muß man es mit völliger Hingabe und stärker als alles auf der Welt lieben, in dem Moment, wenn die Scheinwerfer angehen und der rotsamtene Vorhang auf- und zurauscht, irdisches, wenn nicht himmlisches Glück empfinden und süchtig sein nach dem Staub des Bühnenbodens, der dabei aufwirbelt. Man muß in eine mystische Union eintreten können zwischen dem Diesseits der undeutlichen Gassen der Seitenbühne, aus der die Knöpfe des Inspizientenpults in Rosa, Hellgelb und Blau blinken und leuchten, und dem Jenseits des dunklen Zuschauerraumes, aus dem man zunächst nur undifferenzierte Geräusche und endlich dann den Beifall hört. Und man muß der Verschworenheit und Rivalität des Ensembles gewachsen sein und ab und zu, wenn die Spannung nachzulassen droht, losbrüllen können, eine Tür zuknallen oder sich sonst irgendwie aufspielen, bis irgend jemand zu heulen anfängt.

Im Gegensatz zu mir war A. der Mann, der alle diese Qualitäten besaß und zu alldem fähig war, er konnte sogar den »Chef« geben, und aus genau dieser Mischung, aus Phantasie, Inspiration und Musikalität, aus Herumkommandieren, Schreien und Türenknallen besteht das Genie des Theaterregisseurs. Die Zuschauer applaudierten A.s Inszenierungen wegen ihrer originellen und sensiblen Lesart bekannter und unbekannter Texte, ihres poetischen Ausdrucks und ihrer politischen Gewagtheit und klatschten die Schauspieler am Ende der Aufführung zu »vielen Vorhängen« heraus, wie es in der Theatersprache heißt. Und jeder neue Vorhang versöhnte das Ensemble mit all dem Heulen, Schreien und Türenknallen während der Proben. So ist das am Theater.

Vielleicht war meine Liebe zu A. gerade dieser großen Distanz geschuldet, nicht nur der Distanz der Jahre. Aus einer unbestimmten Kunstsehnsucht suchte ich in ihm den Meister, von dem ich Bestätigung und Ermutigung erfahren, von dem ich lernen und an den ich mich anlehnen könnte. Doch ich ging in dieser ungleichen Verbindung wohl auch dem Kräftemessen und Aneinander-Wachsen unter Gleichen aus dem Weg.

In der Inszenierung unserer Liebe waren die Rollen klar verteilt: A. gab den Meister, wenn auch mit *understatement*, denn ein Angeber war er wirklich nicht, das wird ihm keiner nachsagen können, und ich gab die Schülerin, die junge Geliebte und Muse. Vermählung, Offenbarung und Erlösung suchten wir beide – in der Kunst. So romantisch waren wir.

Kurz nachdem wir uns kennengelernt hatten, war A. vierzig geworden. Das fanden wir damals sehr alt und sehr komisch und lachten über so ein hohes Alter. »Das ist ja wie hundert!« Und dann sagte er plötzlich, nun bin ich schon älter, als mein Vater je war. Aber mehr sagte er nicht, wir lachten weiter und aßen weiter Vanillekipferln, die ich zur Feier dieses Tages für ihn gebacken hatte, nach einem Rezept meiner Mutter, echt wienerisch. Damals kannte er Wien noch nicht und meine Mutter noch nicht, es ist sehr lange her.

A. ist jetzt tot.

Weder am Anfang noch je danach hat A. einmal zu mir gesagt, bleib bei mir, laß uns zusammenbleiben. In irgendeiner Form. Es ist schwer mit dir, und mit mir ist es auch schwer, aber wir können es ja versuchen.

Oft gestanden wir uns jedoch, daß wir uns liebten. Manchmal jedenfalls gestanden wir uns das und waren uns einig, daß wir jedenfalls nicht an die Anziehung der Gegensätze glaubten und nur jemanden lieben könnten, der so wäre wie wir selbst, uns ähnlich, in dem wir uns wiederfänden, uns verdoppelt, vervielfacht sähen. Dabei hielten wir es nicht einmal mit uns selbst wirklich gut aus.

Und dann sagten wir auch immer an den grauen Tagen, wenn es regnete und alle Leute sich über das schlechte Wetter beklagten, ach, da fühlen wir uns endlich verstanden, wenn die Wolken so tief und schwer hängen wie unsere Melancholie, und nicht verhöhnt wie an den Tagen, an denen die Sonne am blauen Himmel scheint und alles blüht und grünt und Früchte trägt und die Wiesen voller Veilchen stehen. Da lamentierten wir statt dessen wie

Karl Moor in den *Räubern*: *Ja, Freunde, diese Welt ist so schön! Diese Erde so herrlich! Und ich so häßlich auf dieser schönen Welt!*

Wir waren eben beide vom Theater.

Als ich A. bei Valentin in der Bersarin-Straße kennenlernte und danach, in dem kurzen Jahr, in dem wir unser Verhältnis »Liebe« nannten, hatte A. diese Frau. Er wohnte jedoch allein, in einer kleinen Wohnung in der Nähe der Jannowitzbrücke.

Er sagte, auch Fluchttiere können lieben, sie sind nur keine Nestbauer. Ich war zwar kein Fluchttier, schon wegen meiner zu kurzen Beine, aber ich hatte mich mein ganzes Leben lang wie jemand gefühlt, der aus dem Nest gefallen und deshalb selber völlig unfähig zum Nestbauen ist, schon gar nicht mit einem Fluchttier.

A. sagte, wir wollen uns gegenseitig nichts fragen und nichts aufbürden. Also fragte ich nichts und habe diese Frau nie kennengelernt. Später hatte er eine andere Frau, deren Namen ich Gott sei Dank nie erfahren habe, und noch später eine dritte. Die habe ich ein bißchen kennengelernt, als ich viele Jahre später im Westen in der Stadt ankam, in der A. gerade am Theater engagiert war und mit dieser Frau lebte. Ich hielt mich dort drei Wochen auf, um den Wisch, mit dem man mich aus der DDR und ihrer Staatsbürgerschaft »entlassen« hatte, gegen einen Paß der Bundesrepublik Deutschland einzutauschen, gemäß deren Alleinvertretungsanspruchs für alle Deutschen, bevor ich weiterfuhr, um mich in einem Land einzurichten, dessen Sprache ich erst lernen mußte. A. hat mir damals angeboten, mich an sein Theater zu holen, falls mich das interessieren würde und ich mich entschließen könnte, in Deutschland zu bleiben. Aber das war nicht der Fall, mein Entschluß auszuwandern stand fest, und das wußte er, auch wenn er es nicht guthieß.

Er hatte die Frau gebeten, mir zu helfen, und sie brachte mich im Haus ihrer Eltern, die gerade verreist waren, unter, so daß ich nicht in ein Durchgangslager für DDR-Flüchtlinge mußte. Sie füllte den Kühlschrank für mich und zeigte mir, wo Handtücher und Bettwäsche lagen, und sie gab mir viele gute Ratschläge, chauffierte mich in der Stadt herum und half bei den Behörden und Formalitäten. Wir freundeten uns dabei richtiggehend an. Aber nie trafen wir uns zusammen, zu dritt, A. und ich und die Frau. Das nie. Einmal lud er mich in ein Restaurant zum Abendessen ein. Nur wir. Nur wir beide. Nicht daß wir irgend etwas besprochen, uns gegenseitig an etwas erinnert hätten, weißt du noch, was macht eigentlich der und die, oder gar Fragen über unser Leben gestellt hätten und was wir glaubten, wie es jetzt weitergehen würde. Nein. Natürlich nicht. Es war, als wenn es uns mehr um die *Nähe des Atems als um den Laut ging*, wie Kleist sagt, von dem wir schließlich beide jede Zeile kannten.

Dann brachte er mich nach Hause, zu der Wohnung, in der seine Frau als Kind gelebt hatte. Wir drückten uns um den Abschied. Schließlich fragte er, willst du denn das wirklich.

Ich fragte, was.
»Wirklich weg.«
Ich beschwichtigte. »Was heißt denn wirklich weg. Es gibt ja Bahnen und Flugzeuge und keine Reisebeschränkungen wie in der DDR.«
»Vielleicht wirst du auch nicht immer da bleiben.«
»Ja, vielleicht werde ich auch nicht immer da bleiben.«
»Wir werden uns schreiben.«
»Wir werden uns schreiben, natürlich.«

Viele Jahre später bin ich dieser Frau einmal unerwarteterweise in einer ganz anderen Stadt auf der Straße wiederbegegnet. In dieser Stadt, Braunschweig vielleicht oder irgendeine andere mittlere deutsche Provinzstadt, in der ich zu einer Lesung in der Stadtbibliothek eingeladen war und die ich vorher noch nie betreten hatte, war sie nun mit einem Arzt verheiratet. Sie erkannte mich, rief mir »Hallo, was machst du denn hier« zu und fragte mich gleich nach Neuigkeiten von A., sie sei nun schon jahrelang von ihm getrennt und habe gar keinen Kontakt mehr, wisse nichts, höre nichts. Mich fragte sie! Ich sagte, Neuigkeiten, o ja, die habe ich, denn wir schreiben uns ja regelmäßig Briefe, unterhalten eine Korrespondenz. Und ich übertrieb das wenige, das ich von A. wußte, erfand noch ein paar Neuigkeiten dazu und gab mich einer süßen kleinen, billigen Rache hin, nicht an ihr, nein, am Schicksal. Ich verstand, daß es also schon etwas Besonderes war, daß ich mit A. dem Fluchttier noch in irgendeiner Verbindung lebte, einer Verbindung, die nicht abgerissen war. Aber natürlich wußte ich auch nie, wie lange sie halten würde und wovon das abhing, denn A. glaubte wohl wie alle Fluchttiere, immer in der Deckung leben zu müssen. Und das gab er manchmal auch zu. Einmal schrieb er:

»Es kommt mir so vor, als ließe ich mich nie auf etwas wirklich ein, auch nicht auf meinen Beruf, dem etwas Versuchsweises und Unernstes anhaftet, und mein ganzes intellektuelles Gehabe dient nur dazu, die Dinge von mir fernzuhalten. Als schlimmsten, geradezu verbrecherischen Zug kommt es mir dann dazu noch vor, als könnte ich auch nicht lieben. Nicht, daß ich nicht wüßte, was das ist, bedingungslos, ohne Sicherheit; ich liebe die Liebe, aber lieben kann ich wohl nicht. Genausogut könnte ich auf den Balkon treten mit der Absicht zu fliegen. Ich bin überzeugt, daß das der kann, der einfach losfliegt, ohne lange zu fragen, ob das nach den Naturgesetzen auch geht. Das ist es: ich kenne die Naturgesetze. Du kennst sie, glaube ich, nicht so gut.«

A. ist jetzt tot.

A. sprach sehr laut und lachte sehr laut und noch lauter, wenn er einen Raum betrat, in dem schon Menschen saßen, also zum Beispiel ein Restaurant, und weil ich auch laut spreche und wir immer viel zu reden hatten, als wir noch beide in Ostberlin lebten und an unserem Kleist-Projekt arbeiteten, flogen wir dauernd aus den Restaurants raus, aus dem Restaurant *Unter den Linden*, aus dem *Moskwa*, aus dem *Berolina*, aus dem *Operncafé*, viel mehr Restaurants gab es damals ja nicht, wenn es nicht die Kantine des *Berliner Theaters* sein sollte, und die sollte es nicht sein, weil wir unser »Verhältnis« vor den Kollegen vom Theater geheimhalten wollten, obwohl sowieso ganz Berlin darüber auf dem Laufenden war, jedenfalls die kleine Berliner Theaterwelt; einer meiner Freunde behauptete, es stehe sogar schon ganz groß an der Autobahn auf dem Ausfahrtsschild nach Berlin. So viele Neuigkeiten gab es ja sonst auch nicht, und wer mit wem ist schließlich immer ein interessantes Thema.

A. sprach und lachte nicht nur laut, sondern sang auch gerne laut, und als wir einmal das Weihnachtsoratorium in einer Kirche anhörten, sang er die Choräle, deren Texte er auswendig kannte, ganz laut mit, was mir zuerst peinlich war. Er meinte aber ganz entrüstet, Johann Sebastian Bach habe diese Choräle doch schließlich zum Mitsingen komponiert, was denn sonst, und sang ganz laut weiter, und ich summte ein bißchen mit:

Brich an, oh schönes Morgenlicht,
Und laß den Himmel tagen!
Du Hirtenvolk erschrecke nicht,
Weil dir die Engel sagen,
Daß dieses schwache Knäbelein
Soll unser Trost und Freude sein,
Dazu den Satan zwingen
Und letztlich Frieden bringen!

Wenig später schenkte er mir »Sämtliche von Johann Sebastian Bach vertonten Texte«, die gerade im VEB Deutscher Verlag für Musik, Leipzig, erschienen waren, damit ich das nächste Mal auch den Text mitsingen könnte. Wenn wir manchmal sonntags einen Ausflug in die Berliner Umgebung machten, konnte A. an keiner Dorfkirche vorbeigehen, ohne sie sich aufschließen zu lassen, um auf der Orgel zu spielen. In der leeren Kirche konnte er dann so laut singen und spielen, wie er nur wollte, während mir die Zeit ein bißchen lang wurde, weil ich nicht spielte und nicht sang und trotz aller Bewunderung für Johann Sebastian Bach in den meist kalten Kirchen fror.

Zudem war A. auch noch mit dem absoluten Gehör

gesegnet oder geschlagen. Er war darauf sehr stolz und ließ es besonders die Musiker, mit denen er arbeitete, wissen, damit sie ja nicht dächten, er verstehe nichts von Musik. Dafür bereiteten ihm aber Mißklänge oder auch nur ein leicht verfehlter Ton geradezu körperliche Schmerzen, so daß er bei jedem quietschenden oder gerummsten oder sonst irgendwie unangenehmen Ton des täglichen Lebens schmerzlich das Gesicht verzog und entnervt stöhnte, Oh Gott, F! Nein, C! Als ich seine Leiden dabei einmal zu bezweifeln wagte, sagte er, das sei noch gar nichts im Vergleich mit seinen Schwestern, die litten schon bei dem Krach des Bügeleisens, wenn die Mutter damit im Nebenzimmer über den Stoff fuhr!

A. ist jetzt tot.

Auf dem zweiten Bild, das ich von ihm gemalt habe, hat A. den blauen Pullover an, den er bei unserer ersten Begegnung trug und der die blaue Farbe seiner Augen noch stärker hervortreten ließ, Preußischblau, das Blau, das am wenigsten Rot enthält. A. war ja ein Preuße, aus einem preußischen Kaff im Pommerschen, wie er es nannte, dessen Name noch nie jemand gehört hatte und wo man Plattdeutsch sprach, das A. natürlich auch beherrschte, er betrachtete es als seine erste Muttersprache, kokettierte damit und sagte mir manchmal Sätze, die ich nicht verstand und die lustig und schon ein bißchen nach Englisch klangen. Und er schätzte den Dichter Fritz Reuter, von dem er seitenlang Texte aus *Ut mine Festungstid* und *Ut mine Stromtid* auswendig konnte.

Das Preußischblau paßte also am besten zu seiner Herkunft von diesem Land, wo nichts ist *als Korn auf Sand oder Fichten auf Sand, die Dörfer elend, die Städte wie mit dem Besen auf ein Häufchen zusammengekehrt*, wie Kleist in einem seiner Briefe schreibt. A. sitzt auf dem Bild mit verschränkten Armen und sieht den Betrachter so kritisch, spöttisch, erwartungsvoll, wenn nicht gar liebevoll an, wie er mich oft bei unseren vielen Gesprächen und auch den Besprechungen im Theater angesehen hat und wie ich ihn in Erinnerung behalten habe. Was ist denn Liebe anderes als Erwartung? Im Mundwinkel klemmt lässig eine glühende Zigarette, und im Hintergrund teilt sich der rotsamtene Vorhang, denn nicht »die Welt ist eine Bühne«, sondern die Bühne war unsere Welt. Damals. Im übrigen war A. Nichtraucher und hatte in seinem ganzen Leben noch nie eine Zigarette angefaßt, geschweige denn geraucht. Deshalb nannte ich das Bild *Der Nichtraucher (ein Menschenschicksal).* Über den Titel lachte er, aber er war mit seinem Porträt nicht richtig zufrieden, so wie fast alle Porträtierten, die lieber ihr »besseres Ich« auf der Leinwand sehen möchten. Ich glaube, er war sogar ein bißchen wütend über den *Nichtraucher* mit der glühenden Zigarette im überdrüssigen Mundwinkel. A.s Mundwinkel konnten in einer einzigen Linie Ironie, Überdruß und Melancholie zugleich ausdrücken.

Das Bild hängt jetzt hier an einer Wand unserer Wohnung, Bilder leben ja lange. Ich sehe es selten an, wie es so ist mit den Dingen, die einen täglich umgeben und die die

Gewohnheit unsichtbar macht. Aber manchmal entdecke ich es wieder und muß lachen über den »Nichtraucher«. Und möchte weinen.

Seine Liebe, meine Liebe.

Er sagte oft, bitte laß mich allein.

Er sagte, wir wollen uns gegenseitig gar nichts fragen und nichts aufbürden.

Er fragte, aber warum zitterst du immer.

Und warum hast du mich so angegrinst, als du mich zum ersten Mal gesehen hast. Was gab es denn da zu grinsen?

Streit gab es eigentlich nie zwischen uns, wir frühstückten ja auch nicht zusammen und hatten uns auch sonst in keinerlei Alltagsleben zu ertragen. In Berlin waren wir außer am Theater nie in irgendeiner Gesellschaft, hatten keine gemeinsamen Freunde oder einfach einen Kreis, sondern lebten nur zueinander oder voneinander fort, jedenfalls in *der Sfäre der Poesie,* im Werk und Leben Kleists, in der Welt der Gemälde und Zeichnungen Caspar David Friedrichs, in der Musik Johann Sebastian Bachs. Ich erzählte A. manchmal von meinem Leben, von meinen Freunden, meinen Eltern und deren Freunden aus den Emigrantenkreisen. A. jedoch sagte wenig und selten etwas über sein Leben, obwohl das ja schon fünfzehn Jahre länger dauerte als meines. Manchmal sprach er vom Theater, wie er angefangen hatte, wie es weitergehen sollte, und natürlich immer von Politik, aber nie von seiner Familie, seiner Erziehung, davon, was er erlebt hatte. Ich wußte nur, daß sein Vater nicht aus dem Krieg zurückgekehrt war, aber nicht einmal, ob seine Mutter noch lebte und ob er sie vielleicht manchmal besuchte; ein einziges Mal bemerkte er, ich möchte einmal wenigstens ein Stück inszenieren, das auch meiner Mutter gefallen würde.

Ich sagte A., ich habe keine Angst davor, dir alles von mir zu zeigen, zu geben, zu schenken. Wenn man sich liebt, fürchtet man sich doch nicht voreinander. Ich vertraute ihm ohne Grenzen, und alles, was nicht Liebe sei, sei Beleidigung. Ich wolle nur immer wissen, daß er irgendwo auf der Welt da sei, und hätte nur die eine Angst, daß einer von uns sterben könnte.

Damals klang das ziemlich theatralisch.

Ich hatte eine Freundin, die sagte immer, sie glaube, es genüge, wenn man alles, was man im Leben tut, für einen, einen einzigen Menschen tut. Ihm also sein ganzes Leben widmet, hingibt, schenkt. Sie meinte damit ihren Mann, der, wenn nicht gerade betrunken, ein feinsinniger Künstler war, der wirklich schöne Werke in allen möglichen Gattungen schuf. Sie lebte also für ihn, nur für ihn. Eines Tages aber kam sie in die Irrenanstalt. Kurz vorher hatte sie ihre Wohnungsschlüssel in den Fahrstuhlschacht geworfen, statt damit die Wohnung aufzuschließen. Ein Schlosser mußte die Tür aufbrechen, denn drinnen schrien schon die kleinen Kinder, der Mann war weiß Gott wo und hatte die Kinder eingeschlossen. Ich besuchte sie ein paar Mal in der Anstalt und dachte bei mir, immer hat sie »widmen, geben, schenken« gesagt, und dabei hat sie nur hingeworfen, wie man an der Sache mit dem Schlüsselbund sah.

Damals war ich wohl selbst nicht weit entfernt von solchem Wahn.

A. ist jetzt tot.

Was für ein blonder, blauäugiger Gewittergoi, so ein richtiger Germane, Teutone, Ostgote und auch noch Preuße, rief meine Mutter entsetzt aus, als sie A. kennengelernt hatte. Und der Name! Wie kannst du dich denn in so einen verlieben!

Ich fand ihre Erregung ziemlich unpassend und sagte ihr auch, daß solche Reden eine Zumutung für mich seien, denn schließlich sei sie, im Gegensatz zu den meisten anderen Juden, nach allem, was geschehen war, wieder in dieses germanische Land, das Land der Teutonen und Ostgoten, zurückgekehrt und habe sich da eingerichtet, das sei doch ihre freie Entscheidung gewesen und nicht meine, und nun solle sie sich bitte nicht beklagen, daß ihre Tochter einen blonden, blauäugigen germanischen Typ, wie er im Brandenburgischen besonders häufig anzutreffen sei, zum Geliebten habe. Daß in Deutschland Deutsche und in Preußen Preußen leben, sei ja wohl normal, es sei ihr natürliches Siedlungsgebiet, und das habe sie doch vorher gewußt. Ich schrie sie sogar an, obwohl ich wußte, daß sie solche emotionalen Ausbrüche überhaupt nicht mochte und mit eisigem Schweigen, das bis zu drei Tagen dauern konnte, darauf reagierte. Ein bißchen war sie sich wohl der Widersprüche, in denen sie lebte und in die sie mich hineingeboren hatte, bewußt, und so haben wir uns später darauf einigen können, daß A. wie ein amerikanischer Baseballspieler aussehe, die zwar auch Gojim, aber doch nicht so schlimm seien, denn immerhin hatten die Amerikaner Buchenwald befreit. In dieser Vorstellung konnte sie A. irgendwie akzeptieren, abgesehen davon, daß sie ja auch schon viele seiner Inszenierungen gesehen und bewundert hatte.

Später, viel später, als ich in Frankreich und meine Mutter wieder in Wien lebte und A. dort für ein paar Jahre engagiert war, freundeten die beiden sich richtiggehend an, hinter meinem Rücken sozusagen. Ich war sogar ein bißchen eifersüchtig auf ihre so einfache Freundschaft, die auf gegenseitigem Respekt beruhte, aber vielleicht war ja auch ihrer beider Liebe zu mir das unsichtbare Band zwischen uns dreien, das uns aus der Ferne verband. Ich hatte A. die Wiener Adresse und Telefonnummer meiner Mutter gegeben, und er hatte sie sofort angerufen, nun trafen sie sich im Café *Landmann*, und ich hätte zu gern gewußt, worüber sie sich dort unterhalten haben, ich nehme an, über Weltpolitik. A. schrieb mir, meine Mutter vermittle ihm etwas Heimatliches, weil sie ja, im Gegensatz zu ihm, eine echte Wienerin sei. Dabei war ihre Rückkehr nach fünfzig Jahren in der Fremde für sie auch nicht gerade ein Kinderspiel gewesen, aber A. nahm sie eben als Wienerin; immerhin hatte sie ja ihren

Akzent und Wortschatz nie ganz verloren, sagte Marillen für Aprikosen, Reindl für Topf, Spagat für Schnur, das gefiel ihm gut. Er lud sie zu seinen Theaterpremieren ein und reservierte ihr und ihren Freundinnen Freikarten für extra gute Logenplätze. Von den Aufführungen berichtete dann wiederum sie mir ganz begeistert und ausführlich, schickte mir Besprechungen, die sie sorgfältig aus den Zeitungen ausgeschnitten hatte, und war plötzlich ganz stolz auf den Gewittergoi, dessen Anblick sie einst so entsetzt hatte. A. hingegen spielte seine Erfolge immer so weit wie möglich herunter, ja er schrieb sogar, daß ihn der Erfolg anstinke, und als er einmal irgendeinen europäischen Theaterpreis verliehen bekam, fragte er sich bloß, ob das überhaupt seriös und nicht eher peinlich sei und er sich dafür schämen müsse, der Schickeria in Wien oder den Pariser Lackaffen etwas vorzusetzen, das ihren Beifall und ihr Gefallen finde. Denn die wüßten doch gar nichts von irgendeiner Wahrheit dieser Welt, sondern würden in ihrem Schickeria-Lackaffenleben doch bloß den ganzen Tag lügen und sich belügen lassen.

Mein Vater verstand sich dagegen von Anfang an blendend mit A. und A. mit ihm. Wir gingen manchmal abends zu dritt ins *Ganymed* essen, dem einzigen Restaurant in Ostberlin, wo es ein chinesisches oder sonst irgendwie ostasiatisches Gericht gab, oder das wenigstens so tat und so hergerichtet war, als ob, und unter dem Namen »Nasi-Goreng« serviert wurde.

Ab und zu schlug entweder mein Vater oder A. vor,

laßt uns doch mal wieder einen »Nazi« verspeisen. In dem distinguierten Restaurant lachte und sprach A. so laut wie immer, und mein Vater sprach und lachte auch so laut wie immer, und ich tat es genauso und fühlte mich für ein, zwei kurze Stunden in ihrer Mitte, durch ihre Nähe und eine Art Komplizenschaft, die ich zwischen ihnen spürte, aufgehoben, ja, beschützt, auch wenn es mir im nachhinein wie eine Art Leibeigenschaft in Liebe vorkommt, in der sie mich festhielten und aus der sie mich nie freigaben. Mein Vater nicht und A. auch nicht, und ich liebte sie beide viel zu sehr, um mich aufzulehnen.

Beide waren Marxisten, Sozialisten, Antifaschisten, Materialisten, Atheisten. Kritische Marxisten natürlich, keine dummen SED-Tölpel, sondern skeptisch und witzig. Aber Mitglied der Partei, der SED. Beide. Und Deutsche. A. sah aus wie ein Schwede und mein Vater wie ein Ägypter. Mein Vater legte großen Wert darauf, Deutscher zu sein. Aber kein Germane. Denn »wir sind schließlich mit den Römern hierhergekommen. Mit Caesar auf dem Weg nach Gallien und Britannien.« Das war seine Lieblingslegende. Allerdings mußte mein so deutscher, aber nicht germanischer Vater dann während des Krieges und der Nazizeit wieder den Römerweg nach Britannien aufnehmen und hat dort überlebt. Danach ist er zurückgekehrt. A.s deutscher Vater hat den Krieg an der russischen Front nicht überlebt und ist nicht zurückgekehrt. Das war das einzige, was ich von ihm wußte.

Mit meinem Vater sprachen wir im *Ganymed* jedoch

immer nur über die aktuelle Politik im allgemeinen und die DDR-Kulturpolitik im besonderen, erzählten uns die neuesten DDR-Witze, lachten laut und sprachen laut und tranken Unstrut-Wein, der in der DDR als etwas Besonderes galt und bei dem mein Vater trotzdem das Gesicht verzog – er hatte schon Besseres in seinem Leben getrunken, während A. einen Whisky vorgezogen hätte, den es sowieso nicht gab. Da mein Vater schon ein älterer Herr in einem gutsitzenden, maßgeschneiderten Anzug und oft gesehener Gast im *Ganymed* war und A. in dieser Gegend, unserem »Theater District«, natürlich als prominenter Regisseur erkannt wurde, wagte auch kein Ober- oder Unterkellner, uns wegen zu lauten Lachens und Redens rauszuwerfen.

Und beide hatten diese strahlend blauen Augen. A. helle, preußischblau, und mein Vater tief dunkelblaue, indigo.

Sie gaben eigentlich ein gutes Paar ab, fand ich, mein Vater und mein Geliebter. Die beiden Herren, denen ich leibeigen war.

Sie sind jetzt beide tot.

Als wir noch Kinder waren, haben wir uns trösten lassen und geglaubt, daß alles gut werden wird, gleich morgen oder spätestens nächste Woche. Dann wurden wir erwachsen und verstanden, daß wir keinen Trost finden werden, weder heute noch morgen, noch nächste Woche, in einer Welt, in der alle Krüge zerbrochen sind, die trotz Gerichten und Justiz, Schadenersatz und Wiedergutmachungszahlungen, Schmerzensgeldern und Bestrafungen ein Scherbenhaufen bleibt, in der jeder sein Malheur und seine Melancholie tragen und ertragen muß und in der auch noch, wie Kleist beklagt, *die Sprache zu arm ist, die zerrissenen Bruchstücke der Seele zu malen*. Und das war es, was wir, unsere kleine Kleist-Gemeinschaft, A. und ich, der Hauptdramaturg und noch ein Assistent – der aber nicht etwa ein junger Mann war, sondern mir einmal während einer Pause erzählte, was für ein Glück er gehabt habe, als Soldat während des Krieges nicht nach Rußland, sondern nach Dänemark abkommandiert worden zu sein –, mit unserem Kleist-Projekt zu zeigen suchten.

Das große Unternehmen, das A. und ich während unserer Wanderung über die Karl-Marx-Allee entworfen hatten, wurde nun ausgetragen. Es sollte eine Mehrfachgeburt werden: A. inszenierte auf der großen Bühne des *Berliner Theaters* in parallelen Besetzungen *Der Prinz von Homburg* und *Der zerbrochene Krug*, was schon ungewöhnlich genug war, und dazu holten wir im Spiegelfoyer des Theaters zu einer weiteren Kleist-Inszenierung aus, einer Textmontage aus Schriften und Briefen Kleists und seiner Zeitgenossen unter dem Titel *Dichter in Preußen*, mit der wir nicht weniger als ein Bild der Kleist-Zeit und unserer eigenen Zeit malen wollten. Mit *Dichter* meinten wir uns selbst und mit *Preußen* die DDR, also den unerträglichen Widerspruch zwischen Poesie, Sehnsucht, Spontaneität und einer starren, sturen, beschränkenden und bedrückenden Gesellschaft, der im Falle Kleists schließlich in dem peinlich korrekten Obduktionsbefund der Leiche des Dichters gipfelte, dem *auf Erden nicht zu helfen war*. Ihn hatten diese Unvereinbarkeiten, vielleicht aus Schwäche, vielleicht aus Stärke, in den Tod getrieben.

Wir haben in unserem Obduktions-Bericht ad II gesagt, daß wir bei Denatum eine große harte Leber – eine große Gallenblase und viel verdickte schwarze Galle angetroffen haben, ferner ad III daß dessen Gehirn-Substanz fester als gewöhnlich befunden worden. Nach diesen Anzeigen finden wir uns veranlaßt, gestützt auf die physiologischen Principia, zu folgern, daß Denatus dem Temperamente nach ein Sanguino cholericus *in* Summo gradu *gewesen und gewiß harte* hypochondrische *Anfälle oft habe dulden müssen …*

Die Montage *Dichter in Preußen* annoncierten wir, nicht ohne Grund, als »Konzert«, denn ein befreundeter Komponist, der dem Theaterensemble zugehörte, verstärkte die Botschaft der Worte noch durch schlagende, klagende, schmerzende Dissonanzen von Flöte, Klarinette, Gitarre und Schlagzeug, so daß sie auch dem letzten Zuschauer klar werden mußte.

Doch das war noch nicht alles von unserem »Gesamtkunstwerk«, wir fügten auch noch ein ganz neues Kleist-Stück hinzu, nicht etwa ein spät aufgefundenes Fragment, nein, etwas ganz anderes, ein Kinder-Kleist-Stück. In der Gegend um das Theater las ich Kinder auf, die dort herumlungerten oder auf dem Theatervorplatz Rollschuh fuhren, und schlug ihnen vor, mit mir Theater zu spielen, ein Theaterstück zu erfinden über einen unglücklichen Dichter, der hier ganz in der Nähe gewohnt, sich aber schließlich noch jung, erfolglos und entmutigt, am Wannsee zusammen mit einer Freundin das Leben genommen hatte. Ich las den Kindern Kleist-Briefe vor, bei denen sie manchmal lachten und manchmal ganz still wurden, um dann anschließend selbst noch viele Geschichten von Unglück und Verzweiflungstaten, von denen sie gehört hatten, beizusteuern: »Ich weiß von einer, die hat sich am Alex vor die S-Bahn geschmissen, die hats wegen ihrem Mann gemacht«, »In der Hessischen Straße 6 war sone ganz alte Frau, die hat sich ihr Bein abgeschnitten«, »In der Albrechtstraße war ein Mann, der hat sich in der Küche eingeschlossen und Gas einströmen lassen.« Und dann kamen die Kinder schnell auf ihre eigene Verlassenheit zu sprechen, denn sie trieben sich nach der Schule eben bloß auf der Straße herum und wußten nicht, wie sie die Zeit herumkriegen sollten, bis die Eltern endlich von der Arbeit nach Hause kamen. So fanden sie die Idee gar nicht so schlecht, statt dessen ein Theaterstück zu erfinden, zu spielen und auszustatten. Ich heuerte noch einen Freund an, der mir half, die Schar der Schlüsselkinder zu bändigen, die Logistik gewährleistete und für genügend Brause und Kekse für die langen Nachmittage sorgte. Wir schneiderten Kostüme und schleppten Zeug vom Sperrmüll an, mit dem wir in dem prächtigen Spiegelfoyer des Theaters eine Dekoration aufbauten, die unseren Spielraum und zugleich Elemente von Kleists Lebensweg markieren sollte.

Eines der Mädchen hatte in einer Art Aufsatz die Lebensgeschichte Kleists beschrieben, so wie sie es sah, den druckten wir im Programmheft ab:

Die Geschichte von Henrek von Kleis

In Frankfurt wurde ein Junge geboren. Er stammte von einer reichen Familie. Seine Brüder waren schon bei den Preußen. Er mußte auch zu den Preußen. Eines Tages lernte er zwei Freunde kennen, mit denen er eines Tages über die Mauer kletterte. Sie machten auch Musik und verdienten Geld zusammen. Sie wurden erwischt und kamen ins Gefängnis.

Danach interessierte er sich für die Schule, doch es wurde ihm zu schnell. Wenn der Lehrer mal was fragte, mußten die Schüler ganz schnell antworten, aber er überlegte lange. Er wollte nicht mehr in diesem Land bleiben, weil die Leute für ihn kein Herz hatten. Eines Tages fragte er seine Frau: »ich gehe nach Paris, kommst du mit?«

Die Frau ließ ihn allein fahren! Die Leute in Paris hatten auch kein Herz für ihn. Die Leute ließen ihn im Stich. Also zog er nach Berlin. Er wollte den Schriftsteller Göte besiegen. Er schrieb viele Gedichte. Danach las er das den Politikern vor und er wurde eingeknastet. Nach wenigen Jahren wurde er wieder entlassen. Da ging er zu seiner Familie zurück. Sie aßen gerade Abendbrot und keiner sagte ein Wort. Er fragte, »seid ihr sauer?« Die Familie stieß ihn zurück.

Da wußte er nicht mehr, wo er hin sollte. Er hatte noch eine Freundin in Berlin. Sie spielte gerade Klavier. Einmal sagte er, daß es zum Erschießen schön sei. Die Frau hatte Kreps und die Frau hat ein Mann gehabt. Die Freundin sagte, sie hälte es nicht mehr aus, er sagte, er hälte es auch nicht mehr aus.

Sie fuhren zum Wannsee und nahmen zu essen und zwei Pistolen mit. Dann aßen sie tüchtig.

Zuerst erschoß er sie, dann erschoß er sich selbst. Sie brachen sich um.

Nach dem Tod des Dichters fand man seine Gedichte und Theaterstücke, er wurde berühmt und beliebt. Seine Theaterstücke spielen wir heute noch. Erst später merkte man, wie wichtig alles war.

Viola Schmidt, Klasse 5b

Die Aufführungen des Kinder-Kleist-Stücks und des »Konzerts« *Dichter in Preußen* fanden aber leider nur ein einziges Mal statt. A. hatte mir die Arbeit daran zum großen Teil allein überlassen, vielleicht aus Großzügigkeit oder einfach aus eigener Überforderung, vielleicht spielten wir auch ein bißchen Bertolt Brecht und Elisabeth Hauptmann oder Walter Benjamin und Asja Lacis, deren Moskauer Kindertheater-Experimente und Liebesverhältnisse uns offensichtlich inspirierten.

Beide Aufführungen im Spiegelfoyer des *Berliner Theaters* wurden nach der ersten Vorstellung vom Intendanten abgesetzt, das heißt, verboten. Das Publikum hatte unsere Botschaft wohl zu deutlich verstanden und bei den entsprechenden subversiven »Stellen« heftig Beifall geklatscht. Es handelte sich mithin um eine »staatsfeindliche Angelegenheit«, und die Gefahr bestand, daß noch mehr »negative Elemente« im Publikum die Gelegenheit wahrnehmen könnten, die Theateraufführung in eine öffentliche Kundgebung zu verwandeln. Und die Idee eines Kinder-Kleist-Stücks war ja sowieso völlig absurd, denn wenn schon Kleist, dann klassisch und nicht so was Verdrehtes, was soll der Quatsch?

Ich wußte gar nicht, wie ich das den Kindern beibringen sollte, ich war so enttäuscht wie sie und konnte zum Trost nur Fotos verteilen, die der Theaterfotograf während der Generalprobe gemacht hatte. Nun fuhren sie wieder Rollschuh auf dem Theatervorplatz und verwarteten die Zeit, bis ihre Eltern von der Arbeit zurückkehrten.

A. hatte währenddessen auf der Hauptbühne den *Prinz von Homburg* und *Der zerbrochene Krug* inszeniert, und zwar in rasendem Tempo. Er war auch selbst dabei in höchster Aufregung, rannte und sprang auf die Bühne hoch und wieder runter, tigerte durch die Sitzreihen, sprach den Text mit, schrie, manchmal flüsterte er auch nur, stöhnte oder lachte, fuchtelte wild und schmiß alles Festgelegte wieder um: »Fangen wir noch einmal ganz von vorne an!«, ließ repetieren, »so-so! verstehst du!« »Soooo! Nicht so! Sooooo!« Und die Kostüme und die Technik, und dieses weglassen und jenes hinzufügen, »probiert es doch mal!« Und »mehr Licht auf die Hinterbühne, laßt die Vorderbühne im Halbdunkel!« Mehrere Versuche, helles Dunkel, dunkle Helle, in Gelb getönt, in Blau grauend, grüner Schimmer des Fehrbelliner Parks. Da wird der nachtwandelnde Prinz von Homburg sitzen:

der Held gesucht – und aufgefunden wo?
Als ein Nachtwandler, schau auf jener Bank!

Ganz am Ende des Abends der Verhandlungen, Verwechslungen und Täuschungen humpelte Richter Adam (dessen Darsteller vorher den Großen Kurfürsten gegeben hatte) auf der lichtdurchfluteten Hinterbühne durch ein dichtes Schneegestöber, um aus dem Theater oder zumindest von der Bühne zu fliehen, begleitet vom zweiten Satz aus Beethovens Fünfter, in dem das Schicksal ohne Pom-Pom-Pom-Pom, eher zärtlich seine Schläge austeilt.

Diese gigantische Theaterarbeit hatte viele Wochen gedauert, vielleicht sogar ein paar Monate, viele Monate, genau kann ich mich nicht mehr erinnern. Jeden Morgen kamen wir zur Arbeitsbesprechung zusammen, A. und der Regieassistent, der Dänemark besetzt hatte, der Hauptdramaturg und ich als Dramaturgieassistentin, der Komponist, der Bühnenbildner. In meiner Erinnerung diskutierten wir dabei immer heftig, A. saß in seinem blauen Pullover mit verschränkten Armen da, und alle rauchten, nur er nicht.

Zwischen unserem ersten Gespräch, dem »informellen Vorstellungsgespräch« bei Valentin, und der Premiere muß jedenfalls viel Zeit vergangen sein, denn als wir uns auf dem dummen leeren Platz küßten und der Laster hupend vorbeifuhr, war es Herbst, und als die Kleist-Premieren stattfanden, war es Frühsommer, mitten im Mai oder Juni, die Jahreszeit, die wir beide am meisten haßten, weil da alle Blumen blühen und die Wiesen voller Veilchen stehen und sogar in Berlin meistens die Sonne scheint, nur um sich über uns lustig zu machen.

Die Spielzeit war jedenfalls kurz darauf zu Ende, und obwohl A. und ich gehofft hatten, daß wir den *Dichter in Preußen* und das Kinder-Kleist-Stück vielleicht mit Umarbeitungen und gewissen Änderungen in die nächste Spielzeit hinüberretten und wieder aufnehmen könnten und viele wichtige dramaturgische und politische Gründe dafür zusammengetragen hatten, winkte der Intendant beim offiziellen Gespräch bloß mit der Hand ab. Nein. Keine Rede davon.

Mein Vertrag wurde nicht verlängert. Ich war gefeuert.

Da könne er auch nichts machen, sagte A. und hatte recht. Der *Prinz von Homburg* und *Der zerbrochene Krug* blieben noch jahrelang auf dem Spielplan des *Berliner Theaters*, aber der *Dichter in Preußen* war gestorben.

Irgendwann zwischen den Besprechungen und Proben und Szenen mit den Kindern habe ich ein Kleist-Bild gemalt. Darauf sieht man Kleist und Henriette Vogel, wie sie schon tot daliegen, hinter ihnen der Kleine Wannsee, der meerähnlich und wellenreich, mit einem dreimal so hohen Himmel darüber dargestellt ist, eine Hommage an Caspar David Friedrich und seinen *Mönch am Meer*, von dem Kleist sagt, *es ist, als ob einem die Augenlider abgeschnitten wären.*

Caspar David Friedrich vereinnahmten wir nämlich genau wie Kleist und glaubten, sowieso die einzigen auf der Welt zu sein, die seine Malerei überhaupt verstehen könnten. Den *Mönch am Meer*, der sonst in Westberlin hing, hatten wir erst kurz vorher zum ersten Mal im Original sehen können, auf einer großen Caspar-David-Friedrich-Ausstellung in Dresden. Es ist in seinen Ausmaßen noch größer als *Die gescheiterte Hoffnung*, die wir in Dresden auch zum ersten Mal im Original sahen; dadurch wirkt das Mönchlein vor dem Meer und dem hohen, weiten Himmel noch winziger als in den Reproduktionen, die wir bis dahin allein kannten. Die Ausstellung war eine echte Sensation, die gesamte kleine Ostberliner Künstlerwelt hatte sich nach Dresden aufgemacht, einen Zug überfüllt, wie Fans bei einem Fußballmatch, um ihre Mannschaft zum Sieg anzuspornen.

Das Kleist-Bild habe ich auf eine fast quadratische kleine Holzplatte gemalt, wahrscheinlich war es wieder ein Regalbrett, diesmal wohl aus einem Küchenschrank. Im Vordergrund sieht man einen roten Gartentisch, auf dem noch das Geschirr steht, von dem »sie tüchtig gegessen hatten«, wie es in dem Kinderaufsatz heißt. Der rote Tisch verdeckt die Schriftzüge eines Kleist-Briefes, jenes, in dem er schreibt: *Meine Seele ist so wund, daß mir, wenn ich die Nase aus dem Fenster stecke, das Tageslicht wehe tut, das mir darauf scheint.* Lesbar davon ist nur:

ist so
mir, wenn
Nase aus
dem
stecke
das Tageslicht weh
mir darauf
scheint

Eines Tages fragte mich A., ob er sich das Bild für ein paar Tage ausborgen könne zum ausgiebigen Betrachten. Ich gab es ihm mit, und als er es nach ein paar Tagen wieder zurückbrachte, sagte er ganz beiläufig, er habe dem Bild etwas hinzugefügt, etwas Gedichtetes, auf der Rückseite, kannst es ja mal bei Gelegenheit lesen, und dann war er schon wieder weg, zu der Frau oder einem Freund oder nach Hause, um allein zu sein, oder um Fahrrad zu fahren und sich Gedanken zu machen – in eine der Welten entschwunden, zu denen er mir den Zutritt versagte.

Natürlich habe ich das Bild, sobald er gegangen war, umgedreht und das »Gedichtete« gelesen, das so begann:

In einer starren, abgestoßnen Welt
Erwachen miteinander zwei zum Leben.
Wo ist das Haus jetzt, um sie aufzuheben?
Wo ist die Höhle jetzt, die sie behält?

Und dessen letzte Zeilen waren:

Der beste Panzer ist, sich preiszugeben,
Erschaffen werden kann nur, was zerschellt.
(siehe umseitig)

Mit »umseitig« meinte er wohl, das »Gedichtete« solle ein Kommentar zu dem Bild des toten Paares sein. Er hatte den Text auf der Rückseite um ein mißlungenes Porträt meiner Freundin herumschreiben müssen, seine Schrift ringelt und kringelt sich bis in ihr Ohr hinein. Das Porträt, hatte meine Freundin befunden, sehe Molière ähnlich, aber nicht ihr, und da ich selbst auch unzufrieden war, war es unvollendet geblieben. Damals bemalte ich Regalbretter noch beidseitig.

An die Premiere von *Prinz von Homburg* und *Der zerbrochene Krug* habe ich keine Erinnerung, wahrscheinlich war ich gar nicht dabei, sondern hatte gerade an diesem Abend den Notdienst geholt, weil ich es vor Schmerzen nicht mehr aushielt. Bin zu der Nachbarin unter mir, die ein Telefon hatte, getaumelt und habe dann Stunden gewartet, bis der Rettungswagen kam und mich in ein Krankenhaus brachte.

Weil sich die Schmerzen im Unterleib konzentrierten, war ich schon in der Poliklinik von einem Frauenarzt behandelt worden, und er hatte mich noch einmal und noch einmal bestellt und jedes Mal irgendwelche dummen Bemerkungen gemacht, noch so jung und schon so viel Ärger mit dem Unterleib, wenn das schon so anfange, da könnte ich bestimmt nie Kinder kriegen. Dann aber hatte er plötzlich gesagt, Sie sind schwanger, junge Frau!

An dem Tag hatte mich A. gerade vor allen Leuten im Theater angebrüllt, wohl aus Gründen der Spannungserhaltung beim Inszenieren, wonach eben jeder mal dran ist, Brüllopfer zu sein. Ich war davongelaufen, beleidigt, verletzt, wütend, hab' die Tür geknallt, geheult. Und natürlich habe ich A. dann nichts von dem »Sie sind schwanger, junge Frau!« gesagt. Wie denn. Ich wußte nicht einmal, ob ich es ihm überhaupt sagen sollte, wenn er sich wieder beruhigt hätte, vielleicht nach der Premiere, und was sollte ich sagen, und was dann überhaupt weiter? Und der Frauenarzt hatte ja auch gesagt, wenn es schon mit so viel Schmerzen anfängt, das ist nicht normal, dann liegt irgend etwas völlig schief, junge Frau!

Und sollte, wollte ich oder sollten, wollten gar wir, A. und ich, etwa ein Kind zusammen kriegen? A. war 15 Jahre älter, er hatte diese Frau, deren Namen ich vergessen habe, und sie hatten Kinder, was ich ja alles hingenommen und »verstanden« hatte, denn ich liebte ihn ja, und Liebe war für uns, wenn es weh tut, das war in unserer romantischen *Sfäre* schließlich der Beweis ihrer Existenz. A. hatte auch noch andere Kinder, mit anderen Frauen, ich habe es nie ganz überblickt.

Und ans Kinderkriegen hatte ich überhaupt noch nie gedacht, und schon gar nicht von einem, den ich zwar liebte, der aber niemals über Nacht blieb, bloß weil er die Frage »Willst du Käse oder Marmelade« nicht über sich bringen konnte, der mich immer warten ließ und mir so oft sagte, laß mich bitte allein, und der mich außerdem noch vor dem ganzen Theaterensemble angebrüllt hatte. Dessen Vater als Wehrmachtssoldat an der Ostfront gefallen war und der darüber nie sprach und tat, als interessiere er sich nicht dafür. Wo wir herkommen, wer wir sind. Er. Ich. Als wären wir vater-, ja namenlos. Dabei war doch klar, daß unsere Väter damals Feinde gewesen oder geworden waren und daß wir keine Sprache fanden und uns schämten, darüber zu sprechen. Sogar mein Vater sprach ja nicht darüber, sondern aß friedlich mit A. »Nasi Goreng« im *Ganymed*, trank Unstrut-Wein und fragte nach nichts.

Nein, ich wollte kein Kind von einem Deutschen. Das wußte ich schon, bevor ich je darüber nachgedacht hatte. Trotz *stärker, größer, schöner, leidenschaftlicher, dunkler*. Auch nicht, wenn er wie ein amerikanischer Baseballspieler aussah. Ich hätte das natürlich nie jemandem sagen können, denn es war böse, rassistisch, widerlich, aber es war auch kein Denken, es war viel stärker als Denken. Die Saat meiner Mutter ging auf.

Ich hätte mich zu einer Abtreibung entschließen können oder auch nicht, wenn wir das Problem besprochen hätten, aber wir hatten noch gar nichts besprochen, und ausnahmsweise löste sich das Problem von allein. Es mußte nichts mehr entschieden werden: Schmerzen im Bauch und noch mehr Schmerzen im Bauch und immer mehr Schmerzen im Bauch, und dann der Frauenarzt: »Das ist eine extrauterine Schwangerschaft, zu deutsch, eine Bauchhöhlenschwangerschaft, junge Frau, die muß ausgekratzt werden.« Ja, »auskratzen« nennen die das. Jetzt mußte es auch noch schnell gehen. Auf der Bahre Schlange liegen vor dem OP-Saal, Narkose, Operation, den Embryo ausgekratzt und fertig!

Als A. mich im Krankenhaus besuchte, ließ ich ihn im unklaren über das, was eigentlich geschehen war, unterschlug ihm die Schwangerschaft und ließ ihm gar keine Chance, eine Meinung dazu zu haben. Der Platz zwischen den sechzehn Betten, die den Krankensaal füllten, war so eng, daß man kaum einen Stuhl dazwischen klemmen konnte, um in Ruhe miteinander zu reden, und man hörte während der ganzen Besuchszeit das Gerede von 16 Frauen und ihren Besuchern zugleich. Von 15.30 bis 17 Uhr neben allen Betten Männer oder Mütter. Kinder hatten keinen Zutritt.

Um das Bett neben meinem hatte man einen Vorhang gezogen, eine Art Zelt aufgebaut, dahinter lag eine Frau, die Krebs hatte und schwerer krank war als wir anderen, man wollte ihr so wohl ein wenig Intimität verschaffen oder aber auch ihren Anblick verbergen. Ab und zu kamen Ärzte mit Gerätschaften und machten sich hinter dem Vorhang zu schaffen. Der ganze Krankensaal hörte ihr Stöhnen, Tag und Nacht, aber wir sahen sie nie. Einmal rief sie, und ich lief, die Schwester zu holen, dann beruhigte ich sie, die Schwester werde gleich kommen, aber sie sagte bloß, ach, das hilft ja sowieso alles nichts mehr, und es dauert nicht mehr lange, ich weiß es, aber die Schmerzen. Wenig später wurde sie auf eine andere Station gebracht. Die, in der gestorben wird, nehme ich an. Das Zelt wurde abgebaut, und statt dessen lag nun eine andere junge Frau da, die man nach einer Fehlgeburt »ausgekratzt« hatte.

Vielleicht hatte der arme Embryo in meinem Bauch ja auch wegen all meiner Ängste und wegen der gegenseitigen Fremdheiten, manchmal sogar Feindseligkeiten zwischen A. und mir einfach nicht seinen Platz finden können und war auf die schiefe Bahn geraten, in ein falsches Organ, wo er nicht hingehörte und es zu nix bringen konnte und keine Chance mehr hatte, ein Mensch zu werden.

Nach ein paar Tagen wurde ich wieder nach Hause geschickt, es war ja nun nichts mehr zu machen. Ich fühlte mich so schlecht und hilflos, daß ich gar nicht in meine Wohnung in der Artur-Becker-Straße zurückkehren wollte, mich statt dessen bei meiner Mutter einquartierte und auf ihr Sofa im Wohnzimmer legte. Sie sollten sich noch ein paar Tage schonen und liegen, hatte der Frauenarzt geraten. Meine Mutter nahm mich auf, aber statt mich zu bemitleiden, drehte sie nur die Augen zum Himmel und fragte, wie blöd wir denn eigentlich seien, erwachsene, aufgeklärte Menschen und dann schwanger werden! Sie tröstete mich zwar nicht, aber sie pflegte mich und brachte mir das Frühstück ans Bett. Wenn A., der ganz in der Nähe wohnte, mich besuchte, wechselte sie ein paar höfliche Worte mit ihm und zog sich dann zurück, ging eine Freundin besuchen oder ins Kino und ließ uns allein. Kopfschüttelnd, wie ich annehme, weil sie sowieso unter jedwedem Gesichtspunkt über unsere Affäre entsetzt war, über den Gewittergoi und darüber, daß er auch noch 15 Jahre älter sein und seine Geliebte über alles im unklaren und ungewissen lassen mußte, und daß ich das alles auch noch so hinnahm und mich offensichtlich irgendeiner Leidenslogik und Leidenslust verschrieben hatte, da ich ja dauernd heulte. Das könne ich nur von meinem Vater geerbt haben, der auch bloß eine unglückliche Liebesaffäre an die andere zu reihen wisse, um sich dann bei ihr zu beklagen, so daß sie ihren geschiedenen Mann auch noch trösten dürfe. So viele Verrückte auf der Welt, und das nennt ihr dann Poesie! Oh, my Goodness!

Ein einziges Mal sind wir ein Paar gewesen. Eine einzige Woche. Sogar mit »Möchtest du Käse oder Marmelade?«

Da waren wir für sieben Tage nach Moskau gefahren, das hatten wir uns beide gewünscht, ich besonders, denn ich wollte A. dort mit meinen Freunden, den Dissidenten, bekannt machen und ins Taganka-Theater führen, das sich damals auf der Höhe seiner Kunst und seines Ruhmes befand und durch seinen »Star« Wladimir Wyssotzky schon zur Legende geworden war. Ich wollte A. Moskau sozusagen zu Füßen legen, es ihm schenken, mein Moskau. Das andere Moskau, das er nicht kannte. Er kannte im übrigen weder das eine noch das andere Moskau und Rußland sowieso nicht, das Land, aus dem sein Vater nicht zurückgekehrt war. Aber davon sprachen wir nicht, sondern taumelten durch die Woche von einer Begegnung zur anderen, umarmten uns oft, liefen Hand in Hand, blieben stehen, um uns zu küssen, sahen aus wie ein Paar, benahmen uns wie ein Paar und schliefen im Hotel zusammen in einem sehr engen Bett. Offiziell waren wir in zwei Einzelzimmern untergebracht, aber wenn die Etagen-Babuschka, die von ihrem Tisch aus alle Zimmertüren observieren konnte, gerade mit den Maschen ihres Strickzeugs kämpfte oder eingenickt war, schlichen wir uns unerlaubt, wie Schüler beim Klassenausflug, unter allen möglichen Vorsichtsmaßregeln zueinander.

Wir hatten uns nämlich einer offiziellen DDR-Reisegruppe angeschlossen, das war weniger auffällig und bürokratisch unaufwendiger, als wenn ein Moskauer Freund oder Bekannter eine private Einreisegenehmigung für uns besorgt hätte, für deren Beantragung der Moskauer Gastgeber erst zahlreiche Beurteilungen einholen mußte, von der Polizei, von der Wohn-Parteigruppe und der Betriebs-Parteigruppe, die darüber entschieden, ob er würdig und verläßlich genug war, einen Gast, und käme er auch aus einem »befreundeten Soz-Ausland«, zu beherbergen. Unser Trick mit der Reisegruppe ist der Stasi natürlich nicht entgangen. Wie streng wir beäugt wurden, habe ich erst sehr viel später aus den Stasi-Akten erfahren, wo protokolliert ist, daß ich »ein intimes Verhältnis mit dem (Name geschwärzt) aufgenommen und mit ihm eine Reise in die SU unternommen« hätte, »wo die beiden Verbindungen mit sowjetischen Renegaten und Regimekritikern aufnahmen«, die ich »schon seit einigen Jahren« unterhalten würde. Das hatte die Stasi völlig richtig beobachtet, ich war schon einige Jahre lang nach Moskau gefahren und hatte, genau wie es dort stand, Bücher, Manuskripte und Nachrichten mit hin- und hergebracht.

Wir hatten uns unauffällig unter die Reisegruppe gemischt, folgten ihr ins Flugzeug, in den Zubringerbus, ins Hotel und setzten uns dann, nach namentlichem Aufruf registriert, von der Reisegruppe ab, wieder wie Schüler, die zur Anwesenheitskontrolle erscheinen, um dann in Ruhe schwänzen zu gehen, übernachteten aber im Hotel und frühstückten dort mit allen zusammen, das war nicht anders möglich und unvermeidbar. Möchtest du Käse oder Marmelade?

Im Zimmer stand auf dem Nachttisch statt eines Telefons ein Radio, das aussah, als stamme es noch aus der Frühzeit der Rundfunkempfänger, und das auch keinen Pieps von sich gab, an welchem Knopf man auch drückte oder drehte, es blieb stumm, bis es in unserer ersten Moskauer Nacht ohne jede Vorankündigung um Punkt Mitternacht die sowjetische Nationalhymne in einer so ohrenbetäubenden Lautstärke plärrte, daß wir fast aus dem Bett gefallen wären. A. drehte ohne jeden Erfolg an allen Knöpfen und schmiß den Apparat schließlich gegen die Wand, das war das einzige Mittel, ihn zum Schweigen zu bringen.

Die Tage verbrachten wir im Kreis von »Renegaten und Regimekritikern«, wie die Stasi richtig observiert hat, entlassenen Universitätsprofessoren, ausgeschlossenen Akademiemitgliedern, degradierten Militärs, Schriftstellern, Künstlern aller Genres, Naturwissenschaftlern, alten und ganz jungen Leuten, meistens saßen wir bei einem von ihnen in der Küche und diskutierten ohne Ende. Bei dieser Gelegenheit war es, daß wir zum ersten

Mal Sätze hörten wie: Die Sowjetunion, die hält nicht mehr lange zusammen, innerlich nicht und äußerlich nicht, wir werden ihren Zusammenbruch noch erleben! An Kommunismus oder Sozialismus glaubt hier doch keiner mehr, es sei denn, er wird dafür bezahlt. Solche rigorosen Sätze waren wir aus der DDR nicht gewöhnt, wo auch die kritischsten Geister damals, in den siebziger Jahren, noch immer an irgendeinen idealen Sozialismus glaubten. Den realen, den wir zu erleiden hatten, hielten sie nur für eine abartige Verirrung, die es zu verbessern galt. A. zum Beispiel dachte so.

O nein, hörten wir hier, den Marxismus zu verbessern, den Leninismus zu reinigen sei so irreal, wie das Meer austrinken zu wollen. Solange eine einzige Idee als Grundlage der Gesellschaft ausgegeben werde und als einzig rechtmäßige gelte, solange der Konformismus durch den Staat geheiligt, während die Nichtanpassung als Verbrechen geahndet oder, die gerade neueste Methode, als Geisteskrankheit in psychiatrischen Kliniken »behandelt« werde, gebe es nichts zu retten. Schlimmer noch, es sei ein System, das dadurch, daß es das Verbrechen zum System erhebe und Denunziation als würdigen Dienst belohne, jeden menschlichen Zusammenhalt untergrabe und die Gesellschaft völlig zerstöre. So sei das, und da gebe es nichts mehr zu deuten. Abgesehen davon, daß die Produktivität aller Industriezweige des Landes weit unter der des letzten Zarenreiches liege, wie Sascha Nekritsch bewiesen und öffentlich gemacht hatte, womit seine akademische Karriere dann rasch beendet war.

Wir diskutierten und trugen unsere Weisheiten zusammen. Eine verschworene Gemeinschaft suchte Trost und Ermutigung im nahen Beieinander. Ab und zu erzählte die eine oder der andere Episoden vom Gulag in Workuta oder Magadan. A. hatte noch nie Menschen mit solchen Schicksalen getroffen und war entsetzt, ja verstört, denn er war ja Marxist und Sozialist und würde es immer bleiben. Trotz alledem.

Nach der Herkunft seines schockierenden Namens, von dem er immer behauptete, er sei schwedisch, hat A. während der ganzen Woche keiner der »Renegaten« gefragt, das fand ich sehr rücksichtsvoll. So wie ich es aus Rücksicht auf seinen in Rußland verschollenen Vater auch nicht gewagt hatte, A. auf der Fahrt vom Moskauer Flughafen Scheretmetjewo in die Stadt auf das Denkmal mit der meterhohen Panzersperre aufmerksam zu machen, das den Punkt markiert, an dem die deutschen Truppen zum Stehen gebracht wurden. Ich glaube, wir haben beide weggesehen.

Jeden Abend gingen wir ins Taganka-Theater, von dem man damals nie wußte, ob es nicht schon am nächsten Tag von den Behörden geschlossen werden könnte. Aber schließlich ist es nie geschlossen worden, wahrscheinlich wegen seiner Beliebtheit und aus Furcht vor einem Aufstand im Zentrum Moskaus, den ein Verbot hätte nach sich ziehen können und der der Welt nicht so verborgen geblieben wäre wie ein paar zusammengeschossene Streikende in Sibirien oder die aufständische Minderheit einer fernen Republik.

Im Zuschauerraum entdeckten wir Marina Vlady, die berühmte französische Schauspielerin, die mit Wladimir Wyssotzky verheiratet war. Später hörten wir sie russisch parlieren, sie war ja russischer Herkunft, das wußten wir natürlich nicht und staunten.

Wyssotzky war für sein Publikum geradezu ein Gott, und ansonsten war er ein großer Schauspieler und dazu ein Sänger, der sich das Herz aus dem Leib sang und das Maul aufmachte, ohne Rücksicht auf irgend jemand. Ein russischer Bob Dylan, aber er riskierte mehr, sein Leben eingeschlossen, schließlich waren wir in Rußland, schlimmer noch, in der Sowjetunion. Er sang zornig, trauernd um das verlorene Leben, das verhaßte Regime anklagend. Unnötig zu sagen, daß alle seine Lieder verboten waren, Platten oder sonstige Veröffentlichungen gab es nicht, Mitschnitte seiner Lieder aber wurden millionenfach in Kopien weitergereicht, das ganze Land kannte und sang seine Lieder auswendig. Als er wenige Jahre später im Alter von 42 Jahren starb, gab es keine offizielle Bekanntmachung, weil zu dieser Zeit gerade die Olympischen Spiele in Moskau stattfanden, deren Inszenierung nicht gestört werden durfte, und trotzdem, noch heute weiß niemand, wie es geschah, trafen sich unverabredet Hunderttausende auf den Straßen, die zu dem Friedhof führen, auf dem Wyssotzky begraben wurde. Es war die größte Demonstration, die Moskau je gesehen hatte.

Wyssotzky rauchte wie ein Schlot und trank wie ein Loch, er verausgabte sich wie ein Berserker, das wird zu seinem frühen Tod beigetragen haben, das machte aber auch den Charme seines heiseren Gesangs aus. Seine Gitarre verbrannte er nicht wie Jimmy Hendrix, dazu war er ein zu professioneller und disziplinierter Schauspieler und hatte zu viel Witz und Charme, das sah man an Marina Vlady.

Vor allem wollte ich A. die Inszenierung des *Hamlet* zeigen, der auf Russisch *Gamlet* heißt, Wyssotzky spielte ihn. Diesen *Gamlet* mußte er sehen. Jeder mußte ihn sehen. Er war unvergeßlich! Wer damals wissen wollte, was eine Gegenkultur ist, der mußte nach Moskau fahren, um zu erleben, was das wirklich hieß. Nicht einfach Konventionen brechen, die schon lange niemand mehr binden. Damals in Moskau konnte man etwas viel Selteneres, Ungeheures erleben: Wie in einer explosiven Stimmung, trotz Einschüchterung, Unterdrückung und Verhaftungen, Funken der Freiheit sprühten und Bühne und Zuschauerraum zu einem Ort der Komplizenschaft und Brüderlichkeit wurden, wovor die Machthaber so große Angst hatten. *Denn die Freiheit der Kunst ist die einzig erkennbare Form der Freiheit auf dieser Erde*, war ein Lieblingssatz von A. Hier fand er ihn bewiesen.

Das Theater hat seinen Namen vom nahe gelegenen Taganskaja Platz zwischen den Metrostationen Marxistkaja und Proletarskaja, die wie alle Moskauer Metrostationen pharaonenhafte Ausmaße haben, mit marmornen Statuen und Fresken von heldenhaften Arbeitern, Bauern und Akademikern, die, mit ihren Arbeitsgeräten winkend, in eine herrliche Zukunft blicken und sich in nichts von anderer faschistischer Kunst unterscheiden.

In der Nähe stand ein Kloster, das nicht etwa abgerissen, sondern in eine Fabrik verwandelt worden war, in der die Produktion auf Hochtouren zu laufen schien, denn, zuerst glaubte man seinen Augen nicht, dann sah man ganz deutlich, daß das ganze Gebäude einschließlich der goldenen Kuppeln wankte, wackelte und zitterte, und wenn man sich näherte, hörte man schließlich auch den Lärm der Maschinen.

Von der Metrostation bis zum Theater konnte man sich nur schwer einen Weg durch die vielen Menschen bahnen, die da standen und nach Theaterkarten fragten, *biljeti? biljeti?*, die Vorstellungen waren jeden Tag ausverkauft, und selbst bei Sturm und Schnee und Unwetter säumten die Leute den Weg bis zum Theater und fragten *biljeti? biljeti?*

Der *Gamlet* wurde in der Übersetzung von Pasternak gegeben, und Wyssotzky rezitierte zu Beginn jeder Vorstellung, gewissermaßen als Einstimmung, Pasternaks Hamlet-Poem aus dem verbotenen *Doktor Schiwago*. Während der ganzen Aufführung blieb die Bühne bis auf die weißgekalkte Hinterwand leer, als einzige Dekoration schob sich ein riesiger erdgrauer, grobgewebter Vorhang in alle Richtungen über die Bühne, drehte sich um seine eigene Achse und trieb die Figuren vor sich her, begrub sie unter sich, beförderte sie auf die Vorderbühne, während Wyssotzky/Gamlet, wenn er gerade keinen Auftritt hatte, im schwarzen Rollkragenpullover an der weißen Hinterwand der Bühne lehnte und auf der Gitarre vor sich hinklimperte.

A. hatte in seinen Anfangszeiten als Regisseur in einer Provinzstadt der DDR auch einmal einen *Hamlet* inszeniert, aber die Inszenierung wurde nach der Premiere sofort verboten und A. fristlos aus dem Theater entlassen, um sich erst einmal »in der Produktion zu bewähren«, bevor er die Bretter irgendeiner Bühne wieder betreten durfte, wodurch seine verbotene *Hamlet*-Inszenierung für immer als Legende in die DDR-Theatergeschichte einging. Den Text kannte er auswendig, denn er hatte ihn damals, wie Pasternak, selbst neu übersetzt.

Wie ich es erhofft hatte, war A. begeistert von der Taganka-Inszenierung, und ich war stolz, als wäre es mein Werk. Wir sahen uns in großem Einverständnis an, lachten uns zu und hielten uns an der Hand, und in der Pause oder danach nahm er mich plötzlich ganz stürmisch in die Arme und hielt mich lange fest und hätte wohl fast gesagt, ich liebe dich, statt dessen aber sagte er, ich danke dir so sehr. Ich heulte ein bißchen und liebte ihn und sagte es ihm auch. Ich liebte Wyssotzky und den *Gamlet* und das ganze Taganka-Theater und alle meine Freunde dort in Moskau und Marina Vlady noch dazu.

Außerdem war A. in Moskau ganz auf mich angewiesen, denn ich konnte Russisch, und er konnte es nicht. Ich kannte mich dort aus und er überhaupt nicht, er ließ sich von mir führen, und das schien ihm sogar zu gefallen, er wußte ja, daß es nur eine Woche dauern würde. Das Fluchttier zeigte keine Fluchtreflexe, mußte nicht allein sein, hatte dazu auch keine Gelegenheit, denn nach der Vorstellung saßen wir noch lange mit den Schauspielern und vielen anderen Leuten zusammen, und Wysotzky sang, bald sangen alle, und wir kehrten erst sehr spät ins Hotel zurück. Das von A. zerschmetterte rätselhafte Radio, daß nur Punkt Mitternacht die Nationalhymne zu senden wußte, war am nächsten Tag auf dem wackligen Nachttisch durch ein neues ersetzt, worüber wir uns erst wunderten, bis wir begriffen, daß der »Empfänger« wohl ganz andere Aufgaben zu erfüllen hatte.

Natürlich lag in dieser Woche Schnee in Moskau, hoher Schnee, es war ja die Weihnachtswoche, russischer Winter, wie im Märchen.

Es gab einmal, in dreißig Jahren, eine Woche, da waren wir ein Paar. Wir waren beide überwältigt von all den Moskauer Begegnungen, von allem, was wir dort hörten und sahen, und fühlten uns wie auf einen anderen Stern versetzt. Fast, daß wir glücklich waren. Wir fühlten uns frei, so fern von Berlin, frei von dem schwierigen Manövrieren zwischen dem Leben und dem Theater und frei von den Spannungen durch A.s Rückzüge, seine Stimmungen und Stummheiten und meine Forderungen, die ich natürlich nie aussprach, mir sogar selbst nicht eingestand und die mich doch bedrückten, frei auch von den Dissonanzen unserer Herkunft und unseres Alters.

Es war fast wie die Erfüllung unserer Losung *stärker, größer, schöner, leidenschaftlicher, dunkler*, selbst mit dem in Klammern hinzugefügten *dicker*, denn durch die viele saure Sahne, die einem dort nach russischer Sitte in den Borschtsch und alle anderen Speisen gekleckst wurde, hatte ich bestimmt ein oder zwei Kilo zugenommen.

A. kaufte mir in Moskau zwei warme, wollene Tücher *à la russe*, mit großen Blumen gemustert, eins zum Behalten und eins zum Verlieren, wie er sagte, weil ich damals immer so viel verlor und verbummelte und den verlorenen Dingen dann lange nachtrauerte.

Im Duty-free-Shop des Flughafens kaufte er auf der Rückreise noch allerlei andere Sachen ein, Andenken aus Moskau für seine Frau und die Kinder, wie ich verstand. Er kommentierte die Einkäufe nicht, und ich stellte keine Fragen.

Da waren wir also schon wieder in Berlin, schon wieder getrennt, noch in Scheremetjewo, in Moskau.

In Berlin-Schönefeld nahm jeder seine S-Bahn, A. hatte eine direkte bis Jannowitzbrücke, ich mußte am Ostkreuz auf den Ring umsteigen.

Irgendeines Abends, die Kleist-Premiere lag schon lange hinter uns, klopfte dann meine Nachbarin bei mir, Klingeln funktionierten in unserem Haus grundsätzlich nicht, manchmal hatte ich den Verdacht, daß es aus Prinzip so war, denn Klopfen wurde von den Mitbewohnern deutlicher wahrgenommen, so daß sich leichter observieren ließ, wer wann von wem Besuch empfing.

Meine Nachbarin hielt ein großes Kuvert in der Hand und sagte, das habe »der große Blonde mit dem Fahrrad«, der manchmal vorbeikomme, bei ihr abgegeben, da ich nicht zu Hause gewesen sei. Sie zog sich schnell zurück, obwohl wir, wenn ich zu ihr telefonieren ging, öfter noch eine »schöne Tasse Kaffee« zusammen tranken, wie sie es nannte, und uns unterhielten. Sie lebte allein mit ihrer Tochter, den Vater der Tochter sah man nie, und er wurde auch nie anders erwähnt als unter der Rubrik »diese Männer«, von denen es ansonsten nur Schlechtes zu berichten gab. Denn auch alle ihre Freundinnen und Kolleginnen, jedenfalls erzählte sie es so, waren alleinstehend, geschieden oder nie verheiratet gewesen, mit oder ohne

Kinder. Eine merkwürdige Gruppe, von denen fast alle als Lehrerinnen arbeiteten, vielleicht war das »diesen Männern« zu anspruchsvoll, zu intellektuell. Meine Nachbarin machte keinen Hehl daraus, daß sie den »großen Blonden mit dem Fahrrad«, der mich ab und zu besuchte, auch unter der Rubrik »diese Männer« einordnete. Das sah sie. Die erkannte sie nämlich. Der bleibt nicht. Aus irgendwelchen Gründen können »diese Männer« nicht bleiben oder wollen sich nicht binden, nicht heiraten oder sind überhaupt schon verheiratet, suchen bloß ein Verhältnis und kommen dann irgendwann einfach abhanden, »verdünnisieren« sich, stehlen sich einfach weg, während die Frau gerade in der Schule unterrichtet, und räumen bei der Gelegenheit auch noch in der Wohnung ab, nehmen mit, was sie brauchen können, zum Beispiel die Kalbskoteletts aus dem Tiefkühlfach! So redete sie.

Kalbskoteletts waren in der DDR nicht mit Gold aufzuwiegen.

Ich erkannte sofort A.s blaue, sich ringelnde, kringelnde Schrift auf dem Kuvert, mit der er meinen Namen quer über den gelben, schon gebrauchten DIN-A4-Umschlag geschrieben hatte, der als Drucksache der Akademie der Künste an A. adressiert und mit einer abgestempelten 15-Pfennig-Walter-Ulbricht-Briefmarke beklebt war. Das alles war von A.s Hand kräftig mit dickem, rotem Filzstift durchgestrichen, seine Anschrift am *Berliner Theater*, die Akademie der Künste und die Ulbricht-Briefmarke.

In dem Kuvert fand ich ein Buch und einen Brief. Ein sehr schmales, antiquarisches Buch, auf Büttenpapier gesetzt und kunstvoll gestaltet, die Seiten jedoch schon gelblich und der Einbandrücken aufgeplatzt, so daß schon die verrosteten Klammern zu sehen waren, die die Seiten zusammenhielten.

Die Liebesgedichte
einer schönen Lyonaiser Seilerin
namens Louize Labé

Den vierundzwanzig Sonetten
der Erst-Ausgabe von 1555
deutsch nachgedichtet von Paul Zech

Copyright 1947 by Rudolf Zech. Veröffentlicht unter der
Lizenz Nr. 242 der sowjetischen Militärverwaltung
in Deutschland, gedruckt bei Erich Thieme in
Niederschöneweide

Seinen Brief hatte A. in das Buch hineingelegt.

Prinz Jussuf!

Diese Gedichte mußt Du in irgendeinem Leben geschrieben haben, ich habe sie in Leipzig aufgefunden und bringe sie Dir, etwas ramponiert, zurück. Nur das Buch ist ramponiert, nicht die Verse. Ich finde, sie sind bei Dir besser aufgehoben als im Antiquariat.

Vielleicht wirst Du es verstehen können: – ich haue nämlich jetzt ab. Nicht von Dir, nein. Das weißt Du ja. Es ist auch noch kein Perfekt, ich werde versuchen, ich hoffe, die Alternative Eingesperrtsein – Ausgesperrtsein zu durchbrechen. Ich weiß aber nicht, ob es klappt. Ich werde zunächst in Wien sein.

Deine Briefe möchte ich nicht wegwerfen, mitnehmen kann ich sie nicht. Sie sind solange bei M. in Sicherheit, ebenso Deine Bilder. Die Traumbücher nehme ich mit.

Der Abschied wird kein endgültiger sein.

Ich sehe Dich oft vor mir, aber immer so, wie ich Dich am ersten Abend bei Valentin gesehen habe, als Du die Haare hinten zusammengenommen hattest.

Laß bitte von Dir hören!

Dein

Mönch am Meer

Die blaue Schrift seines Briefes schlängelt sich in engen Zeilen von Rand zu Rand, daß fast keine leere Fläche auf dem Blatt bleibt und kein Raum zwischen den Wörtern, die in ihrem Ringeln und Kringeln und Schlängeln alle gleich aussehen.

Nach seinem Tod habe ich das schmale, ramponierte Buch mit den Sonetten der schönen Lyonaiser Seilerin zu unseren Briefen, Zetteln, Notizen, Zeichnungen und Gedichten, die in der kalifornischen Kekskiste eingesargt sind, als Grabbeigabe zugefügt. Manchmal, in irgendeinem ganz falschen Moment oder im Traum, wehen mir, ungebeten und ungerufen, immer noch ein paar Zeilen davon durch den Kopf.

Louize Labé
Das VIII. Sonett

Ich lebe, sterbe, glühe und erfrier,
ich leide und bin froh zugleich,
ich suche Armut und gewinne reich,
ich bin nicht dort und bin nicht hier.

Mir mischt ein sonderbares Los
das Rechte mit dem Linken und erlöst
mich von der Unruh und verstößt
mich wieder in den Schoß

der Wirrnis, die kein Ende nimmt.
So treibt mein Gott mich hin und her,
und wenn ich mein: nun greift
der Tod erbarmend ein:

erhebt sich neue Lust und reift
wie nie, und macht mich wieder klein.

Ungefähr drei Wochen später erhielt ich eine Ansichtskarte aus Wien, auf der die Kaiserkrone des Heiligen Römischen Reiches deutscher Nation zu sehen war und auf deren Rückseite in A.s unverwechselbarer Schrift ohne Anrede und ohne Unterschrift stand: »In meinem Zimmer im Theater stehen hinter der Couch 2 Pakete für Dich. Bitte hole sie Dir ab. Wende Dich notfalls an M.«

A. war mit einem »Arbeitsvisum« aus der DDR ausgereist, das ihm theoretisch eine Rückkehr erlaubte, an die er aber im Traum nicht dachte, daher mußte er unauffällig, nur mit leichtem Gepäck abreisen und den Rest vorher auflösen oder zurücklassen. Den Teil würde dann die Stasi kassieren, und persönliche Dinge sollten ihr möglichst nicht in die Hände fallen.

Es war das erste Mal, daß ich seit dem Kleist-Debakel wieder das *Berliner Theater* betrat. Dort herrschte Geschäftigkeit wie immer, nichts hatte sich verändert, wie sich eben nach jedem Debakel auch die Erde weiterdreht, die Sonne scheint und Wiesen voller Veilchen stehen. Der Bühnenpförtner grüßte mich als alte Bekannte, wahrscheinlich hatte er meine Abwesenheit gar nicht bemerkt; ich fragte ihn sogar nach Post, und tatsächlich hatte eines der Kinder eine Nachricht für mich hinterlassen, ob wir nicht weiter Theater spielen wollten und wann.

Die zwei Pakete standen, genau wie A. es angegeben hatte, hinter der Couch in dem Raum, der sein Arbeitszimmer gewesen war und in dem wir immer unsere Besprechungen abgehalten hatten; ich betrat es unbemerkt, auf dem Flur begegnete mir niemand. Das kleinere Paket steckte ich in den Rucksack, den ich mitgebracht hatte, und schnallte ihn mir auf den Rücken, das größere, das mit den Bildern, klemmte ich mir unter den Arm. Dem Bühnenpförtner erklärte ich, daß ich meine Sachen abgeholt hätte, da ich nun nicht mehr hier angestellt sei, und er sagte nur, ach ja? Dann bin ich durch den Friedrichshain getrabt, am Denkmal der Spanienkämpfer und dem kleinen Friedhof für die März-Gefallenen vorbei, und kam mir genauso geschlagen vor wie sie, die Spanienkämpfer und die März-Aufständischen, deren Namen ich oft auf den kleinen steinernen Grabplatten gelesen hatte. Wie jung sie gewesen waren.

Erst jetzt verfiel ich in Traurigkeit und Abschiedsschmerz, die ich bis dahin noch gar nicht gespürt hatte, denn A. hatte sich ja schon immer zurückgezogen, und ich hatte immer auf ihn warten müssen. Ich dachte daran, wie ich damals zu ihm gesagt hatte, mein Beruf wird Liebhaberin sein, und wie er gelacht hatte, aber nun hatte ich wohl bloß die Nervensäge gegeben. So tief fiel ich in meiner Trauer, daß mir solche Gedanken kamen. Doch dann schlug meine Traurigkeit in Wut um, weil ich mich ihm so ausgeliefert hatte, und nun haute er einfach ab, genau wie »diese Männer«, die noch das Kalbskotelett aus dem Tiefkühlfach mitnehmen. Am liebsten hätte ich die Pakete mit meinen Bildern und meinen Briefen jetzt weggeschmissen, oder besser noch vor einen Zug oder ein Auto geworfen, die sie zermalmen und zerfetzen und vernichten würden. Aber im Friedrichshain gibt's nur ganz harmlose Spazierwege, die meinem Anfall von Zerstörungswut nichts zu bieten hatten.

Zu Hause habe ich brav die Strippen des Pakets aufgeknotet, nicht etwa eine Schere genommen, um sie einfach durchzuschneiden, habe die Bilder ausgepackt und an die Wand gehängt. Dabei sah ich, daß A. hinten auf die Rückseite jeweils geschrieben hatte: Dieses Bild gehört A. Ich hatte sie ihm ja geschenkt, und so sah er sie weiter als seinen Besitz an.

Dann habe ich meine eigenen Briefe gelesen, einige wenigstens, und mich gefragt, was nun aus uns werden würde und ob wir uns vielleicht nie mehr wiedersähen.

Dann habe ich geheult.

Unter den Bildern war auch das doppelte Doppelporträt von A. und mir. Ein großes Bild, das ich von uns in hellen, deutlichen, fast unvermischten Ölfarben und klaren Linien gemalt hatte. Da liegen wir auf dem Bett nebeneinander, A. auf dem Bauch und ich auf dem Rücken, aber wir berühren uns nicht. Es sollte ein friedliches Liebesbild sein, auf dem wir wenigsten in der *Sfäre der Poesie* für immer vereint bleiben. Deshalb habe ich das

Bild gleich zweimal gemalt, einmal für A. und einmal für mich, habe das eine vom anderen kopiert und weiß heute nicht mehr, welches das Original und welches die Kopie ist. Diesmal hatte ich keine Regalbretter benutzt, sondern echte Leinwand, nämlich ein zerschnittenes Laken, das meine Mutter auf Wienerisch »Leintuch« nannte, daher wußte ich, daß ich es zum Malen verwenden konnte, wenn ich es mit einer Mischung aus Leim, Kreide und Zinkweiß grundierte. Für beide Bilder habe ich sogar noch Rahmen geschreinert und statt einer Signatur geschrieben: »Für dich und für mich.«

Aber genau zu der Zeit, als ich sie gemalt hatte, war gerade wieder irgendein Zwist zwischen uns gewesen, nein, kein Zwist, A. hatte sich nur einfach wieder zurückgezogen, wollte allein sein, nicht mit mir zusammen, nicht bei mir, nicht bei sich, an keinem Ort, und er brachte mich auch nicht auf der Fahrradstange nach Hause. Es war mitten in der Kleist-Phase, wir vermieden es, uns außerhalb des Theaters zu sehen, daher bat ich meine Freundin, ihm das Bild zu überbringen, damit wir uns nicht begegnen müßten. Sie läutete an seiner Wohnung, aber es öffnete niemand, also stellte sie das Bild einfach vor die Tür, da mußte er es ja irgendwann bei seiner Rückkehr finden.

Nun aber waren beide Varianten des Bildes wieder bei mir, und ich schenkte das Original oder die Kopie meiner Freundin, die es zu ihm getragen hatte, und enteignete A. seines Anspruchs.

Aber wie kläglich ich mich fühlte!

Nun steckten keine Zettel und Briefe mehr unter meiner Tür, wir mußten unsere Briefe jetzt über die Post wechseln oder gaben sie jemandem konspirativ mit. Dann stand manchmal ohne Voranmeldung ein völlig unbekannter Mensch vor meiner Tür, »schönen Gruß von A.«, und brachte einen Brief oder ein Päckchen oder beides. In dem Päckchen war Schokolade oder ein Fläschchen von Chanel, denn Chanel und Schokolade – das war der Westen.

Und so lebte ich, nachdem A. weggegangen war, noch lange weiter in der Erwartung eines Wortes oder einer Geste von ihm, und noch jeden Tag, bis zum Ende seines Lebens, zitterte ich beim Briefkastenöffnen, weil ja ein Brief von ihm darin hätte liegen können, das hoffte und fürchtete ich jedes Mal.

Denn bis kurz vor seinem Tod haben wir nie aufgehört, uns unregelmäßig, aber unaufhörlich Briefe zu schreiben, immer in der *Sfäre der Poesie* verhaftet, um nur ja nicht an unsere jeweiligen alltäglichen Lebensumstände zu rühren. Und mit peinlicher Zuverlässigkeit schickten wir uns, als auch ich schon im Westen lebte, Ansichtskarten von den verschiedensten Orten der Welt, wichtigen Hauptstädten oder exotischen Gegenden, am Atlantik, am Mittelmeer, in den Alpen, und manchmal sogar von jenseits der großen Meere, Gegenden und Orte, die uns, solange wir noch in der DDR gelebt hatten, unerreichbar und verschlossen geblieben waren, von denen wir deshalb geträumt und uns ganz übertriebene

Vorstellungen gemacht hatten und die wir erst entdeckten, nachdem wir die DDR in unterschiedliche Richtungen hinter uns gelassen hatten.

Und bis zum Schluß, während die Mißverständnisse und Mißklänge schon immer heftiger wurden, haben wir die Unmöglichkeit unseres Briefwechsels reflektiert. Die Unmöglichkeit, ihn abzubrechen, und die Unmöglichkeit, ihn fortzusetzen. Ein Problem, das A. nicht lösen konnte und das auch ich nicht lösen konnte, weil wir uns offensichtlich überhaupt nicht voneinander lösen konnten, weiß der Himmel, warum. So resignierten wir schließlich in der fatalen Erkenntnis, daß es ja auch für so viele andere Probleme im Leben keine Lösung gibt, und räsonierten, es sei doch geradezu ein Lebensgesetz »an sich«, daß alle Probleme wie beim Kasperltheater immer wieder, nur mit anderen Köpfen, irgendwoher auftauchten, um sich über uns lustig zu machen.

A.s Ausreise in den Westen war nur der Anfang der großen Ausreisewelle, die dann folgte. Es war die Zeit, in der man sich jeden Tag fragte, bleibst du oder gehst du, und wenn du nicht sofort gehst, wann gehst du dann. Jeden Tag hörte man die Namen von Freunden, Bekannten und Unbekannten, die den Weg ins Freie, ins Weite, wie alle glaubten, ohne Wiederkehr angetreten hatten. Jeden Tag gab es neue Abschiede und neue Trennungen und Tränen, jeder Tag riß neue Wunden. Damals kam der Spruch auf, der letzte macht das Licht aus.

So saß auch ich, während A. schon in allen möglichen Hauptstädten Westeuropas inszenierte, in meiner Wohnung in der Artur-Becker-Straße und wußte nicht, wohin mit mir und was tun, und schrieb und malte ohne größere Hoffnung als auf Erlösung. Aus Trotz, aus Unvernunft, aus Einsamkeit fing ich an, etwas ganz anderes zu erkunden, nicht das Weite, sondern etwas Nahes, das in mir selbst lag, mir schon lange zugehörte, obwohl es so wenig benannt war, und dessen Namen und Gestalt ich nun suchen wollte.

Zunächst nur gelegentlich, dann häufiger und schließlich regelmäßig ging ich in die Jüdische Gemeinde und schloß mich einer kleinen Gruppe von jüngeren Leuten an, die sich auf die Suche nach einem Sinn ihres ererbten, immer nur imaginär gebliebenen, kaum eben benannten Judentums gemacht hatten. Kinder von Exilanten, Remigranten, Kommunisten, so wie ich, brachen auf, sich diesem ihnen ständig sichtbaren Planeten zu nähern, ihn zu erforschen und, wer weiß, zu betreten und in Besitz zu nehmen. In der Jüdischen Gemeinde konnte man wenigstens offen über diesen Planeten reden; wir beschlossen sogar, Hebräisch zu lernen und Leute aus der Gemeinde einzuladen, die uns in die »verborgenen« Feste und Texte des Judentums einführten, und kamen uns dabei vor wie Marranen.

Alle aus unserer kleinen Schar, Urs, Werner, Sascha, Gitta und ich, hatten Verwandte in Israel, und meistens war das Bewußtsein unseres Judentums hauptsächlich durch diese Tanten und Onkel, sozusagen hinter dem Rücken unserer Eltern, wachgehalten und unterstützt worden. Wenn diese Onkel und Tanten pünktlich jedes Jahr im Herbst Karten zum jüdischen Neujahrsfest schickten, hatten sie uns damit immerhin Kunde von einer anderen Zeitrechnung, einem anderen Alphabet und einer anderen Sprache gegeben. *Schana Towa!* stand da. *Schana* heißt Jahr und *tow* heißt gut.

A. berichtete ich in meinen Briefen vorsichtig davon und deutete die neue Wendung der Dinge nur an, meine Abzweigung auf einen anderen Weg, die Entdeckung und Erforschung des neuen Planeten. Ich erzählte dafür ausführlich von den originalen Psalmentexten, die schließlich unser geliebter Johann Sebastian Bach vertont hatte, und was die Worte nach ihren hebräischen Wurzeln bedeuten, wenn ich es selbst gerade gelernt hatte. Vorsichtig schrieb ich, weil ich nicht sicher war, wie A. das aufnehmen würde. Ich ahnte es aber.

Noch immer lebte ich im Schatten unseres Abschieds, unserer nicht eingelösten Liebe, die sich weder in eine normale Freundschaft verwandeln noch einfach in Luft auflösen konnte, sondern als ein großer Anspruch aneinander bestehen blieb. Manchmal fand er interessant, was ich da berichtete, manchmal empfand er es als befremdend, und manchmal schrieb er rundheraus, er sehe das nur als eine Flucht an. Eine Flucht aus der Enge und Lügenhaftigkeit des »realen Sozialismus«, den wir ja alle nicht mehr ertragen konnten. Auch er habe ihn nicht mehr ertragen und sich deswegen nun in einem Nomadenleben zwischen allen nur möglichen Städten Europas eingerichtet, um sich von diesem oder jenem Theater für eine oder mehrere Inszenierungen engagieren zu lassen. Es fange allerdings schon an, ihn zu ermüden, dieses Westleben, schrieb er.

Während um uns herum der Exodus Monat für Monat anschwoll, hielt unsere kleine Schar noch ein paar Jahre in Berlin durch, bevor wir alle einen Ausreiseantrag stellten, Urs, Werner, Sascha, Gitta nach Israel und ich nach Frankreich. Unsere Anträge wurden über alle Maßen schnell bewilligt, und jeder von uns fing dann ein ganz neues Leben, sozusagen unter anderen Sternen an. In den ersten Jahren schrieben wir uns noch Karten zum jüdischen Neujahr, *Schana Towa!*, später verloren wir den Kontakt und haben uns dann nicht mehr wiedergesehen. Sascha starb einen frühen Tod.

Auf meinem Weg nach Frankreich habe ich damals Halt in der Stadt gemacht, in der A. gerade lebte und inszenierte und wo er mich fragte, ob ich nicht doch lieber dableiben wolle, er würde mir helfen, dort am Theater unterzukommen. Meine Entscheidung aber war getroffen, das Theaterleben beendet, ich hatte Schwung für eine große Veränderung genommen, um sozusagen richtig auszuwandern. A. fand das alles viel zu dramatisch, nun übertreib mal nicht, hat er gesagt, und wir haben gelacht.

Damals wußten wir beide nicht, daß wir uns nur noch ein einziges Mal in unserem Leben wiedersehen würden.

Von meinem Einleben in dem fremden Land habe ich A. in meinen Briefen wenig erzählt, und er hat auch nicht viel danach gefragt, und wie sollte ich es ihm erklären. Er zog zum Inszenieren durch Städte und Theater und verlor langsam die Lust daran, während ich hoffte, einmal dort anzukommen, wohin ich mich »weggeschafft« hatte, wie er das nannte. Aber in Wirklichkeit kommt man wohl nie wirklich an und kann sich lange keinen richtigen Reim machen auf all das, was man sieht und hört und erlebt in dem fremden Land. Das Buch des alten Lebens ist zugeklappt, und nun fällt Staub drauf.

Yoav spricht manchmal davon, daß er vielleicht nach Amerika, an irgendeine Universität gehen könnte, nicht für immer, nur für eine bemessene Zeit, ein paar Jahre. Aber mir macht die Idee Angst, noch einmal das Land zu wechseln. Wir sprechen oft darüber und denken darüber nach, ob es denn einen Ort gibt, an dem wir an unserem Platz wären, und wenn wo, und ich zitiere dann Kleist: *... an einem Ort, an dem wir nicht sind, und in einer Zeit, die noch nicht da oder schon vergangen ist.*

Merkwürdigerweise bin ich in dem Land, in das ich ausgewandert bin, zu einer »richtigen Deutschen« geworden. Ich hatte zu schreiben begonnen, auf Deutsch natürlich, Bücher, Artikel, Berichte fürs Radio, Notizen, Geschichten, in denen ich mich dessen zu vergewissern suchte, was ich fühlte, dachte, erlebte und woran ich mich erinnerte. Da ich eigentlich nur unter Juden lebte, mußte ich mich plötzlich als Deutsche rechtfertigen und fing an, Deutschland und die Deutschen zu verteidigen. Wenn jemand sagte, Deutsch igitt – Nazisprache, Sprache der SS, schleuderte ich ihm Kafka, Freud und Einstein entgegen. Und meinen allergrößten Trumpf: Herzl! Das Land, um das wir alle so bangen, ist in deutscher Sprache wiedererstanden.

Von dem, was ich schrieb, schickte ich A. manchmal ein Blatt oder berichtete ihm davon, mehr in Andeutungen, so wie er es auch tat, denn wir versteckten unsere Arbeiten zwar nicht voreinander, aber wir zeigten auch nicht viel davon her oder priesen sie uns gar gegenseitig an, und schon gar nicht unsere Erfolge, er hatte große, ich hatte kleine, denn Künstler wollten wir zwar sein, das schon, aber auf dem Jahrmarkt der Eitelkeiten mochten wir nicht mittun, das auf keinen Fall.

Nie hätte sich A. ein Buch von mir gekauft oder wäre zu einer Lesung gekommen. »Erst schreibt man für sich, dann schreibt man für die Freunde, und schließlich schreibt man für Geld«, zitierte er, das soll Molière gesagt haben, was mich wundert, aber vielleicht hat er ihn ja auch verwechselt. Der Widerspruch zwischen dem Sichzur-Schau-Stellen, das wir doch gleichzeitig, wie jeder Künstler, auch erstrebten, und unserer Suche nach Gestalt und Wahrheit gehörte jedenfalls auch zu den unlösbaren Kasperletheater-Problemen, von denen wir uns umstellt sahen. Und leben muß man ja auch!

Gedichte, wie A. es mir einst vorausgesagt hat, habe ich nicht geschrieben, aber er beharrte doch auf seiner Prophezeiung. Als er einmal mit einer seiner Inszenierungen zu einem Gastspiel in Moskau war, schickte er mir eine russische Ausgabe mit Gedichten von Anna Achmatowa. Ich war traurig, als ich hörte, daß er ohne mich noch einmal nach Moskau gefahren war, aber er schrieb, wahrscheinlich, um mich zu besänftigen, es sei ohnehin nur eine furchtbare Strapaze gewesen, eine Art Staatsaffäre, vor der Vorstellung sei die Nationalhymne gespielt worden, und er habe überhaupt keine Zeit gehabt, jemanden zu sehen oder irgendwo hinzugehen, schon gar nicht an die alten Orte, denn für die drei Vorstellungen habe er den ganzen Tag proben und einrichten müssen. Und sowieso seien unsere Freunde von damals inzwischen entweder tot oder nach Amerika oder Israel ausgewandert. Weil sie uns damals in Moskau so viel von der Achmatowa erzählt hatten, hatte er aber in einer Buchhandlung gleich neben dem Theater diese Gedichte gekauft und wünschte sich nun, ich sollte ihm möglichst bald einige davon übersetzen. Dabei erinnerte er mich daran, wie er damals wie ein Esel hinter mir hergetrabt sei, weil ich Russisch konnte und er nicht.

Tatsächlich habe ich dann einige der Gedichte übersetzt und sie auch gleich noch für den Rundfunk gelesen. Bei der Aufnahme erzählte mir der Redakteur, er habe kürzlich A. interviewt und ihm bei dieser Gelegenheit von unserer Achmatowa-Produktion erzählt, aber A. habe überhaupt nicht darauf reagiert. Ob wir uns denn nicht vom *Berliner Theater* kennen würden, wie er angenommen hatte, denn in Ostberlin habe doch jeder jeden gekannt, oder nicht? Ich habe gesagt, ja, ja, natürlich, doch, schon. Aber das ist doch alles schon lange her. Und der Redakteur sagte, ach so.

Anna Achmatowa

Zerreiße meinen Brief nicht, Liebster.
Lies ihn, Freund, bis an das Ende.
Ich bins müde, unerkannt zu bleiben,
Eine Fremde nur an deinem Weg.

Sieh nicht so finster, grolle nicht.
Ich bin die Liebste, ich bin deine.
Bin nicht Bettlerin, nicht Herrscherin
Und besonders keine Nonne –

Wie ich da steh in diesem grauen Kleid
Und den abgelaufenen Schuhen.
In der Umarmung aber bleibt, wie immer Fremdheit
Und in den Augen bleibt die Angst.

Zerreiße meinen Brief nicht, Liebster,
Über die innige Lüge weine nicht.
Stattdessen steck ihn in dein armes Bündel
Ganz unten rein.

Wie oft haben wir versucht, oder wenigstens so getan, das war auch eines der Kasperltheater-Gesichter, als versuchten wir, uns in einer der Städte zu verabreden, in denen A. gerade inszenierte. Immer wieder haben wir Karten und Briefe oder Telegramme getauscht, wo und wann, dann und da, komme an, ja, nein, wahrscheinlich, sicher, bis zum zehnten, werde mir das so einrichten, drei Tage in drei Wochen. Unbedingt. Ich freue mich.

Doch alle diese Verabredungen sind nie zustande gekommen, immer haben wir sie zu verhindern gewußt, zu spät, zu früh, immer ist etwas dazwischengekommen. Es hätte ja sonst wie eine normale Freundschaft aussehen können. Nein, das vermieden wir, Freunde wollten wir nicht sein, und schon gar keine guten Freunde.

Einmal aber haben wir uns doch noch wiedergesehen.

A. war wütend geworden, als er in der Stadt, in der er damals gerade lebte, in Hamburg, auf einem Plakat, das die Veranstaltung eines »Frauenfestivals« ankündigte, unter mehreren Gesichtern von Frauen auch meines entdeckte; er hatte es sofort von der Litfaßsäule gerissen und mir das ausgerissene Stück Gesicht zum Beweis seiner Tat in einem Brief mitgeschickt. Es war ziemlich erschreckend, als ich mein beschädigtes Bild aus dem Kuvert zog.

Das Frauenfestival fiel dann aus irgendwelchen technischen Gründen aus, was ich erst erfuhr, als ich schon in Hamburg angekommen war. Ich besuchte ihn dort natürlich nicht in seiner Wohnung, und er hat mich auch nicht zu sich eingeladen, eine solche Idee wäre uns beiden nicht gekommen. Wir trafen uns stattdessen an einem neutralen Ort, in seiner Lieblingskneipe am Hamburger Hafen, und gingen dann am Hafen spazieren, an großen Schiffen, hohen Kränen und Docks vorbei. Diese Umgebung liebte A., er sah darin ein Menschenwerk, das gleichzeitig den Elementen der Natur ihren Platz läßt, ja seinen Charakter überhaupt erst von ihnen erhält – Wasser, Wind, Himmel und Kanäle, die breiter als Straßen sind, Schiffe, höher als Häuser, aus deren geöffneten Toren manchmal ganz kleine Autos herausfahren, und wenn man näher kommt, erkennt man, daß es riesige Lastwagen sind. Da fühle er sich heimatlich, sagte A., auch im engeren Sinne, denn das pommersche Kaff, aus dem er stammte, liege ja auch in dieser platten Ebene, die zu Meer und Hafen führe und damit in gewisser Weise schon zu Übersee gehöre.

Wir sprachen auf diesem Spaziergang über Belanglosigkeiten, und bei irgendeiner Geschichte, die ich ihm erzählte, wovon sie handelte, habe ich längst vergessen, lachte A. so unbändig, daß er fast ins Hafenbecken gefallen wäre. Ich mußte ihn festhalten und an ihm ziehen, und aus Versehen umarmten wir uns dabei ein bißchen.

Das war unser letztes Wiedersehen.

Da wir uns sonst nicht sahen und auch nicht sprachen, waren unsere Briefe nicht etwa die Fortsetzung unserer Liebe, Freundschaft, Verbindung oder was es denn war, sondern die Erfindung dieser Liebe, Freundschaft, Verbindung oder was es denn war, etwas Ungelöstes, Ungeregeltes, Ungenormtes jedenfalls, das uns nicht ungebunden, nicht frei voneinander sein ließ.

A. mißbilligte meine Auswanderung, meine Hinwendung zum Jüdischen mißbilligte er und meine Ehe mit Yoav mißbilligte er auch. Vielleicht war er sogar eifersüchtig.

Zwei Tage nach meiner Hochzeit, diese matrimoniale Wendung meines Lebens hatte ich ihm ja nicht verheimlichen können, rief er an, mitten in der Nacht, lange nach Mitternacht, wir schliefen schon.

Vorwürfe, Vorbehalte.

Was soll das, warum heiratest du? Und jüdisch. Wozu? Du wendest dich von mir ab.

Das hatte er mir schon bei unserem kurzen Wiedersehen nach meiner Ausreise gesagt. So ähnlich. Als er mich damals nach Hause brachte, zum Haus der Eltern seiner damaligen Frau.

Was willst du eigentlich dort? Warum schaffst du dich weg?

Stille.

Ich war verschlafen und verwirrt, ich glaube, wir hatten noch nie miteinander telefoniert, denn im Osten hatten wir kein Telefon, und später, im Westen, riefen wir uns ja sowieso nicht an.

Ja. Nein. Doch. Was meinst du?

Stille.

Was soll ich denn sagen, muß ich mich rechtfertigen?

Stille.

Natürlich nicht. Nein. Aber ich möchte das eigentlich nicht. Ich kann es nicht verstehen. Das muß doch nicht sein. Du gehst zu weit, finde ich.

Stille.

Bitte vergiß mich nicht.

Bitte.

Das war das einzige Mal, in all den Jahren, daß er so etwas sagte.

Bitte vergiß mich nicht.

Yoav, der im Bett neben mir schlief, wunderte sich über den Anruf und die einsilbigen Worte, die er mich sagen hörte. Ja, nein, nicht, warum denn, nein, wie denn, was denn, nein, ja, nein. Warum? Ich weiß nicht. Yoav wollte schlafen. »Mit wem redest du?« fragte er. »Was ist denn das für ein Verrückter? Hat der keine Uhr?«

»Ein Freund von früher, von damals, von dort. Schlaf weiter. Ich erklär's dir morgen.«

Und merkwürdig, lange nach A.s Tod, lange nachdem seine letzte Frau mir meine Briefe zurückgeschickt und ich unsere vereinte Korrespondenz eingesargt hatte, habe ich, einer plötzlichen Eingebung folgend, die große Blechkiste eines Tages geöffnet, um nach den Briefen zu sehen. Ich habe sie nicht gelesen, mir nur durch die Finger gleiten lassen und dabei bemerkt, daß von all den Briefen, die ich A. geschrieben hatte, nur die da waren, die ich ihm noch aus dem Osten geschickt hatte, Briefe aus der Artur-Becker-Straße, Karten aus Budapest und Prag. Kein Brief aus meinem späteren Leben im Westen, kein einziger. Nicht einmal der, den ich ihm geschrieben hatte, als ich zum ersten Mal in Amerika war. Ich sehe mich noch in dem Hotelzimmer in New York sitzen, wo ich ihn schrieb, meinen ersten Reisebericht aus der neuen Welt.

Hat A. alle die Westbriefe weggeworfen? Oder die Frau?

Galt diese Geste seinem Leben oder meinem? Hat er mein Leben außerhalb seines Einflußbereichs so sehr mißbilligt, daß er dessen Zeugnisse gar nicht aufheben mochte? Während er alle Briefe, Zettel, Zeichnungen, die noch aus dem Osten stammten, so sorgfältig gesammelt hatte? Aus der Zeit, als ich ihm noch leibeigen war.

A.: Was heißt das denn eigentlich: Jude? Warum willst du unbedingt Jüdin sein?

Ich: Ich bin einfach Jüdin. Ich habe es mir ja nicht ausgesucht.

A.: Warum ist es dir wichtig, Jüdin zu sein?

Ich: Warum soll es mir nicht wichtig sein, Jüdin zu sein. Es ist eine Tatsache, genau wie deine pommersche Herkunft, die du dir doch auch nicht ausgesucht hast, aber an der du hängst.

A.: Das ist doch nur Koketterie. Du bist einfach ein Mensch. Wir beide sind Menschen, wir beide sind Deutsche.

Ich: Willst du bestreiten, daß ich eine Frau bin, im Gegensatz zu dir, obwohl wir beide Menschen sind?

A.: Willst du Frau-Sein und Jude-Sein auf die gleiche Stufe stellen?

Ich: Irgendwie schon. Natürlich nicht biologisch, aber kulturell, sozial, historisch, ethnisch und wie die Worte sonst noch heißen.

A.: Ethnisch? Was soll denn der Quatsch? Sag bloß noch

rassisch. Ich kenne doch viele Juden, habe bei einigen in Leipzig studiert, bei Hans Mayer und Ernst Bloch, ich wäre nie auf die Idee gekommen, sie als Juden wahrzunehmen, es interessierte und interessiert mich einfach überhaupt nicht, ob einer Jude ist oder Slawe oder Romane oder was sonst.

Ich: Ich nehme aber an, daß die Schicksale dieser Juden, Slawen und Romanen und ihrer Familien sehr unterschiedlich von dem Schicksal deiner Familie und anderer Deutscher waren, und was die Juden betrifft, von denen du so viele kennst, dürfte es ein Zufall sein, daß sie die Nazizeit überlebt haben. Wie kannst du so gleichgültig ihrem Schicksal gegenüber sein? Wieso hat es dich nicht interessiert, wieso hast du dich nicht gefragt, wo und wie Hans Mayer und Ernst Bloch überlebt haben, um später deine Lehrer sein zu können?

A.: Die Judenverfolgung der Nazis ist ein deutsches Problem und hat zur Folge, daß die Deutschen jetzt die Parias der Welt sind.

Ich: Ach, die armen Deutschen.

A.: Du hast doch die Verfolgung gar nicht erlebt. Also tu nicht so.

Ich: Was »tue« ich denn? Ich habe die Geschichte meiner Eltern zu tragen, genau wie du. Oder nicht? Jewtuschenko zum Beispiel, dessen Gedichte wir doch mögen, hat diese Geschichte auch nicht erlebt und ist auch kein Jude, er ist genauso alt wie du. Aber offensichtlich hat ihn beschäftigt, was geschehen ist, er hat in den frühen sechziger Jahren darüber geschrieben, und auch über das Schweigen. Ein langes Gedicht, das ihm nur Ärger und Beschimpfungen eingebracht hat. Den Anfang kann ich auswendig:

In Babji Jar, da steht keinerlei Denkmal.
Ein schroffer Hang – der eine unbehauene
Grabstein.
Mir ist angst.
Ich bin alt heute,
so alt wie das jüdische Volk.
Ich glaube, ich bin jetzt ein Jude.

Warum hat das kein Deutscher geschrieben? Und warum hat es Celan übersetzt und kein Deutscher in Deutschland?

A.: Warum sagst du immer »die Deutschen«?

Ich: Celan war nun wirklich kein »Deutscher«, auch wenn er ein deutscher Dichter war. Und du wirst doch nicht bestreiten, daß »die Deutschen« »die Juden« verfolgt und umgebracht haben, du sagst doch selber, daß es ein deutsches Problem ist, abgesehen davon, daß sie nicht die ersten waren. Alle diese Verfolgungen sind für Juden Teil ihrer Geschichte, der jüdischen Geschichte, die für sie auch schwer zu verstehen ist.

A.: Gehören die Juden in Deutschland nicht zur deutschen Geschichte?

Ich: Ein bißchen, würde ich sagen.

A.: Seit ihrer Emanzipation immerhin haben sich die Juden völlig an die deutsche Kultur assimiliert. Als Hitler sie zu verfolgen anfing, waren sie doch schon ganz und gar deutsch.

Ich: Nicht alle Juden haben sich seit der Emanzipation »völlig« assimiliert, sondern sie haben sich in sehr nuancierten Abstufungen mehr oder weniger assimiliert. Der Preis war ziemlich hoch, nämlich sein Judentum an der Garderobe abzugeben. Und dann wurden getaufte Juden noch besonders verachtet. Scholem sagt, wir können gar nicht nachdrücklich von den Juden als Juden sprechen, wenn wir von ihrem Schicksal unter den Deutschen sprechen.

A.: Ich neige viel mehr zu Marx, dem die »jüdische Frage« in der sozialen aufgeht und in der sozialen Emanzipation verschwindet.

Ich: Der Fall ist niemals eingetreten und wird auch nicht eintreten.

A.: Was soll dieser Partikularismus? Willst du etwas Besonderes sein? Soll ich dich lieben, weil du Jüdin bist, soll ich an dir irgend etwas wiedergutmachen?

Ich: Du sollst mir bloß nichts wegnehmen.

A.: Wo ist es denn, dein Jüdischsein? Worin besteht es? Ich sag's dir: in nichts. Wir lieben beide Kleist, und wir sind beide nicht zurechtgekommen in diesem Scheißland, das ist unser Problem, deines und meines. Daß du dich plötzlich als Jüdin begreifen willst, sehe ich nur als Flucht aus der Enge dieses Spießersozialismus an. Nicht mehr und nicht weniger ist es.

Ich: Warum kannst oder willst du nicht zugestehen, daß wir beide aus einer jeweils ganz anderen Geschichte kommen? Und nun sag bitte nicht wie meine Eltern, ich lebe in der Gegenwart, die Vergangenheit ist vergangen. Ich sehe so eine Haltung, auch bei meinen Eltern, eher als Symptom, wenn nicht als Pathologie, entschuldige bitte.

Dein Vater – mein Vater! Wehrmacht und Stalingrad. Exil und England. Deine Angehörigen wurden als Deutsche aus Polen vertrieben, meine als Juden aus Deutschland. Das soll kein Unterschied sein?

Du bist doch nicht so vaterlos, wie du tust. Ich möchte dir nicht weh tun, aber ich glaube, daß die Geschichten unserer Eltern und Voreltern schwerer wiegen, als du wahrhaben willst. Vor allem, wenn sie in so dramatische Ereignisse hineingeraten.

A.: Das ist reine Biertisch-Psychologie. Deine Lebensweise und die deiner Eltern und auch die von Mayer und Bloch unterscheiden sich doch in keiner Weise von allen anderen.

Wo ist das Jüdische denn? Zeig's mir. Es ist doch nur der Blick der anderen, der den Juden zum Juden macht. Da hat Sartre völlig recht.

Ich: *Die Unfähigkeit zu trauern* ist auch Biertisch-Psychologie? Und woher weißt du das eigentlich so genau, wie meine Eltern und deine Lehrer Mayer und Bloch leben, was sie fühlen, was sie davon zeigen und was sie lieber nicht zeigen? Ich will nicht zynisch sein, aber das ist immer noch: Wer Jude ist, bestimme ich!

A.: Im übrigen war ich während des Sechstagekrieges ganz auf Israels Seite, bis ich begriffen habe, daß dort ein antiarabischer Haß herrscht, der dem antisemitischen sehr ähnlich ist.

Ich: Warum sagst du mir das? Eben war ich noch Deutsche. Bin ich jetzt Israelin?

A.: Sie bezeichnen sich immerhin als jüdischer Staat, und du bezeichnest dich auch als Jüdin. Und du hast mir übrigens immer noch nicht erklärt, worin dein Judesein eigentlich besteht.

Ich: Das ist ja das Problem, daß ich das auch nicht genau weiß, mal abgesehen von der Verfolgungsgeschichte, und ich denke, das kann doch nicht alles sein. Aber meine Eltern, genauso wie deine jüdischen Lehrer und Bekannten, haben das Thema Judentum eigentlich immer nur beschwiegen, weil sie Marxisten und Atheisten und Kommunisten sind oder waren. Oder wenigstens so tun oder taten, als ob. Trotzdem sehen sie sich und fühlen sie sich und bezeichnen sie sich selbst als Juden, jedenfalls, wenn sie unter sich sind, und auch wenn dir das nicht gefällt.

Du liebst doch Else Lasker-Schüler, sie hat sich immer als Jüdin gefühlt und *Hebräische Balladen* und das Gedicht *Mein Volk* geschrieben, du kennst es. *Und immer, immer noch der Widerhall / in mir …*

A.: Willst du sagen, daß du dich dem »jüdischen Volk« zugehörig fühlst?

Ich: Ja.

A.: Du behauptest eine Trennung?

Ich: Das ist doch nur eine Feststellung. Deswegen bleibe ich trotzdem Deutsche. Deutscher Jude, das ist so etwas wie ein Paar, jeder kommt von woanders her, dann finden sie sich, dann gehören sie auch zusammen.

A.: Aber können sich wieder trennen.

Ich: Sie können wieder auseinandergehen, wenn sie sich überhaupt nicht verstehen oder der eine gewalttätig gegen den anderen wird.

A.: Wenn die Beziehung scheitert.

Ich: Sie ist gescheitert. Und heute haben die Deutschen nur noch Stereotypen von Juden im Kopf. Opfer in Auschwitz, Kolonialherren in Israel und ansonsten – Kafka, Freud, Einstein.

A.: Mich interessiert überhaupt nicht, was an Kafka, Freud, Einstein jüdisch sein sollte. Ihre Werke sind doch universell. Ich sagte schon, daß mich solche Partikularitäten abstoßen. Auch eine Pathologie, um dein Wort aufzunehmen.

Ich: Das Christentum aber stört dich als Partikularität nicht, du singst begeistert Bach-Kantaten, die immerhin sehr christlichen Inhalts sind. Mich stört es auch nicht, aber das ist eben der Unterschied zwischen Mehrheitskultur und der Kultur der Minderheit.

A.: Du kennst nicht einmal die kulturellen Dimensionen deines Judentums, kannst du vielleicht Hebräisch?

Ich: Nein, aber ich kann es ja lernen, es interessiert mich sehr. Die Bibel ist doch ein hebräisches Buch. Ich würde es gern lesen. So wie es geschrieben ist. Das Original.

A.: Willst du etwa religiös werden?

Ich: Das wäre wenigstens die einzige Art Judentum, die du mir dann nicht mehr bestreiten könntest. Ja, irgend etwas zieht mich an, die sozusagen verborgene Seite des Judentums zu entdecken, dem »Widerhall« nachzugehen, zu hören, zu sehen, zu lesen, zu lernen. Das »religiös« zu nennen, finde ich sehr übertrieben. Abgesehen davon, daß religiös auch kein Schimpfwort ist.

A.: Wie du redest! Ich erkenne dich nicht. Wie peinlich! Ich kann dir gar nicht sagen, wie peinlich ich das alles finde.

Das ist die Disputation, die wir nie geführt haben.

Das sind Worte, die wir nie gesagt haben.

Wir haben sie uns anfallsweise, in den Momenten der Verzweiflung über das gegenseitige Nichtverstehen, entgegengeschleudert, laut oder leise, redend oder schweigend, ironisch, zynisch, traurig. In unseren Briefen, versteht sich.

Diese Worte waren das brachliegende und verminte Terrain der seltsamsten Gefühle, der sonderbarsten Anklagen, Verteidigungen, Beleidigungen.

So habe ich sie gehört. So habe ich sie erfahren. So habe ich sie verstanden.

Mein Vater hatte ja auch immer gesagt, was gibt es denn für einen Unterschied, Jude – Deutscher, das spielt doch überhaupt keine Rolle. Mein plötzlich erwachtes Interesse für mein Judentum hat er belächelt, meine Ausreise bedauert und mich bei meiner Hochzeit mit Yoav kopfschüttelnd unter die Chuppe geführt, vorher noch einen Witz gemacht und hinterher noch oft. Ein bißchen peinlich war ihm das wahrscheinlich auch. Sie waren sich so ähnlich in ihrem Denken und ihren Überzeugungen, diese beiden Männer, die ich liebte. Kommunisten, Atheisten, Antifaschisten, Marxisten, kritische Marxisten, aber keine SED-Tölpel.

Wie konnten sie, nach allem, was geschehen war, nur so etwas denken und sagen, Jude – Deutscher, da gibt's doch keinen Unterschied! Dieser Satz hat mich zur Verzweiflung gebracht. Sie waren doch nicht blind, taub, herzlos und ohne Verstand. Vielleicht eben gerade deshalb. Oder?

A. behauptete immer, es gebe kein Foto von seinem Vater und er habe keine Erinnerung an ihn und kein Interesse, und ich habe es vorgezogen, nicht weiter nachzufragen.

Kein Interesse am Leben seines Vaters, auch nicht an dem vor dem Krieg, aus dem er nicht mehr zurückkam. Er muß doch eine Herkunft gehabt haben, eine Geschichte. A. inszenierte doch Geschichten. »Er war in meinem Leben immer nur abwesend, spielte keine Rolle. Nie.« Keine Hauptrolle, keine Nebenrolle, nicht einmal eine Statistenrolle. Ein Vater, gestorben, gefangen, gefallen, verschollen, vermißt. Der nie erwähnt wird, als gäbe es keinen Verlust. Es fiel mir schwer, ihm das zu glauben, eigentlich konnte ich es gar nicht fassen.

Wehrmacht, Rußland, Stalingrad – wie so viele deutsche Soldaten, die nicht, wie der Regieassistent, das Glück gehabt hatten, in Dänemark stationiert gewesen zu sein. Mitglied der Nazipartei war der Vater auch gewesen, das hatte A. einmal erwähnt.

Er muß ihn ja noch gekannt haben. Es muß doch ein Leben noch vor dem Krieg gegeben haben, ein ziviles Leben, Kindheitserinnerungen. Was hatte er für einen Beruf, das hätte ich gerne gewußt. Aus reiner Neugier. Mein Vater war Journalist gewesen, aus den Tagen des Krieges gibt es von ihm Fotos aus England, wie er in der Redaktion des *Daily Telegraph* sitzt, in Zivil, er sieht jünger aus, als ich ihn je gekannt habe, natürlich, und auf dem Titelbild der Zeitung vor ihm erkennt man eine Hitler-Karikatur.

Bei meinen Schulfreundinnen standen auf dem Vertiko in der »guten Stube« oft ein oder mehrere gerahmte Fotos von einem Mann in Wehrmachtsuniform, mit einem Trauerflor geschmückt, ein Opa oder ein Onkel, gefallen oder nicht aus der Kriegsgefangenschaft zurückgekehrt. Die Bilder der Männer glichen sich durch die Uniform und den immer etwas gepeinigten Fotoblick. Und auch dadurch, daß ich nie genau hinzusehen wagte.

Ein Bild von A.s Vater gab es jedenfalls nicht, oder er zeigte es nicht. Dafür zeigte er mir einmal ein Foto, auf dem man ihn selbst als vielleicht zehnjährigen Jungen sieht und neben ihm, wie die Orgelpfeifen aufgereiht, noch drei kleine Mädchen, seine jüngeren Schwestern, blondgelockt, mit Schleifen im Haar. Süß. Entzükkend. Das Foto natürlich in Schwarzweiß, klein und mit gezacktem Rand, wie Fotos früher aussahen, wenn sie nicht beim Fotografen aufgenommen wurden. Das waren die Schwestern, die das Geräusch des Bügeleisens im Nebenzimmer nicht ertragen konnten. Als er mir das

Foto zeigte, hatte ich den Eindruck, er wollte mir mitteilen, siehst du, um kleine Mädchen habe ich mich schon immer viel gekümmert. Er hatte sie im übrigen sehr gerne, wie er oft bemerkte. Heidemarie, Ingeborg, Ilse.

Obwohl die Bahnen, in denen wir uns bewegten, unsere Leben, die wir weit voneinander entfernt führten, in der Vorstellung des anderen, jedenfalls in meiner, immer unwirklicher wurden, haben wir nicht aufgehört, uns Briefe zu schreiben. In dieser unwirklichen Existenz verwandelten wir uns aber auch einer in des anderen verborgene Tür, die aus dem Märchen, hinter der alle Sehnsüchte, Wünsche, Phantasien, Verwandlungen, dummen Hoffnungen und das Innerste des Herzens, das niemand zu beschreiben weiß, aufbewahrt bleiben, ohne daß etwas davon je verdirbt oder verschimmelt oder sich auch nur abnutzt. Etwas Himmlisches sozusagen, das einzig in der *Sfäre der Poesie* existiert, romantisch und theatralisch und jedenfalls außerhalb des normalen Lebens.

Je weiter sich unsere verschiedenen Universen voneinander entfernten, desto mehr bestand A. in seinen Briefen darauf, daß es zwischen uns keine Schranken geben sollte, so etwas wie eine »geregelte Beziehung«, »sozusagen genormte Menschenrechte«, wie er sich ausdrückte. Ich habe nie wirklich verstanden, warum das so sein mußte, aber ich nahm es hin, und in all den vielen Jahren wuchs das Ungenormte und vielleicht Unnormale auf eine irgendwie natürliche Weise einfach immer weiter, als hätte sich ein Teil meines Lebens irgendwann abgetrennt und bewegte sich ganz für sich, so wie manche Schlangen noch in abgetrennten Stücken ihres Körpers weiterschlängeln.

»Hier ist es Mai ... Bei Dir sicher auch. Wir sind uns ja einig, was wir von diesem Monat halten. Am Himmel sind abends ganz groß Venus, später Jupiter und Mars zu sehen, die vor einem Monat noch sehr dicht standen, jetzt aber schon wieder auseinanderstreben.

Bis Januar bleibe ich hier. Dann Brüssel. Dann London. Dann Sommer. Ich hoffe, daß wir uns irgendwann hier oder dort oder im Sommer wiedersehen.

Ich habe übrigens eine kleine Tochter gekriegt.«

A. wechselte die Theater, er wechselte die Frauen und Adressen, aber immer teilte er mir seine neue Adresse zuverlässig und prompt mit, damit er im Briefkasten bald einen Brief von mir finden könne, wie er jedesmal sagte.

Die einzige postwendende Antwort, die ich je von ihm erhielt, war die auf die Nachricht vom Tod meiner Mutter. Daß er an mich denke, an meine Mutter und an Wien, und wie er die Stunden mit ihr im *Landmann* genossen habe, und wie ähnlich ich ihr »trotz allem« sei. Er hatte ein Ginkgo-Blatt beigelegt, es mit einem Klebeband auf der Seite angeheftet, das sah eigentlich ein bißchen kitschig aus, aber es rührte mich doch. Was er mit dem »trotz allem« meinte, weiß ich bis heute nicht, aber ich habe mich gefreut, daß zwischen dem »Gewittergoi« und meiner Mutter noch eine späte Freundschaft entstanden war.

Wir legten unseren Briefen oft noch etwas dazu. Einen Zeitungsausschnitt mit Anstreichungen, ein Blatt von einem Baum oder eine Blume, eine dumme Reklame, ebenfalls mit Anstreichungen, irgendein Fundstück, etwas Anspielungsreiches, eine zusätzliche Botschaft, und einmal legte mir A. sogar ein kleines goldenes Kettchen in den Brief, und in diesem Brief nannte er mich sogar wieder Prinz Jussuf, es war kurz vor »unseren« Geburtstagen, meinem und dem von Else Lasker-Schüler.

Prinz Jussuf,

in München ist Föhn, an einem azurblauen Himmel scheint schamlos die Sonne, aber am schlimmsten ist, daß ich jetzt schon über 200 Jahre alt bin und langsam das Gefühl verliere, überhaupt anwesend zu sein. Ich bin nicht glücklich, unglücklich leider auch nicht, wahrscheinlich also überhaupt nichts mehr.

Neulich traf ich unseren alten Ostberliner Kollegen S. und fragte ihn, wie es ihm geht, und abgesehen von dem üblichen Schauspielerschmalz antwortete er schon wie ein richtiger Bundesbürger, »sehr gut«. Wenn man nämlich hier sagt, es geht einem schlecht, geht's einem mit Sicherheit morgen noch schlechter, und wem's schlechtgeht, der wird gemieden.

Mir geht's mittel.

Deine Briefe lese ich alle mit Freude, aber ich bin sehr empfindlich, wie Du weißt. Im letzten Brief war ein »Naja« gegen Anfang drin, das mich sehr irritiert und mir den Brief fast verleidet hat. Nicht wegen Dir, sondern wegen mir.

Es steht dann nämlich der »Nichtraucher« vor mir, mein verhaßter Doppelgänger.

Es ist jetzt halb zwölf und morgen früh muß ich gnadenlos um halb sieben aufstehen, vor mir ein langer Probentag. Wohl wegen des Föhns habe ich die ganze Zeit Kopfschmerzen.

Grüße aus München vom
Mönch am Meer

Der *Nichtraucher* hängt, ebenso wie der *Radfahrer*, jetzt hier in unserer Wohnung. Das Doppelporträt von A. und mir aber habe ich mit anderen Bildern, abgehängten und nicht vollendeten, ins »Depot«, das heißt in einen Schrank im Flur weggeräumt. Die Kopie oder das Original lebt bei meiner Freundin in Berlin weiter.

Neulich stand Yoavs kleiner Neffe Raffael lange vor dem *Radfahrer* und fragte, warum der Mann die Hand an die Stirn drückt. Ich sagte ihm, er hat Kopfschmerzen, er hat oft Kopfschmerzen. Worauf der kleine Raffael sagte, seine Mutter habe auch oft Kopfschmerzen, aber dann fahre sie nicht Fahrrad.

A.s Beine auf dem Bild vom Radfahrer scheinen mir mit der Zeit immer länger zu werden. Vielleicht aber ist das nur die Erinnerung daran, daß A.s Körper hauptsächlich aus Beinen, langen Beinen bestand, mit denen er in einem schnellen Satz auf die Bühne springen, abenteuerlich Fahrrad fahren und Gletscher erklimmen konnte. A., das Fluchttier. Wenn wir nebeneinander gingen, mußte er mühevoll seinen stürmischen Schritt verlangsamen und ich mußte rennen.

Jeden Sommer bekam ich von A. eine Ansichtskarte aus den Alpen, meistens aus den Dolomiten.

Schon sein allererster Brief aus dem Westen kam mit einer italienischen Briefmarke. Er hatte den Brenner überquert (wie Goethe!), aber auf der anderen Seite der Alpen noch keine Zitronen-, aber Kirschbäume blühen sehen, es war Februar. Auch er in Arkadien und so euphorisch, daß er sich in die erstbeste *alberghetto* einquartiert hatte, um von dort den nächsten hohen Berg zu besteigen. Er war losgestürzt, in Turnschuhen, ohne jede Ausrüstung, wie er schrieb, und als er unterwegs einen Mann in irgendeinem Hilfsitalienisch noch einmal nach dem Weg gefragt hatte, hatte der erst auf den Berg, dann auf A.s Schuhe gewiesen und dabei heftig mit dem Kopf geschüttelt, mit den Händen gefuchtelt und viele unverständliche Wörter hervorgestrudelt, die verneinenden, warnenden Gesten jedoch hatten unmißverständlich die Absicht, ihn von einem Aufstieg abzuhalten.

A. war aber nicht abzuhalten, er war weiter und immer weiter gestiegen, immer höher, bis fast ganz oben. Doch es hatte zu dämmern angefangen, er hatte keine Karte, und Menschen waren ihm auch nicht mehr begegnet, auch bestand um diese Zeit vielleicht Lawinengefahr. Er hatte ja keine Ahnung. Er kam aus der Ebene am Rande von Übersee. So war er umgekehrt. Ein paar Jahre später aber hat er diesen Berg dann doch noch bis zum Gipfel erstiegen, denn der Mißerfolg der ersten Besteigung nagte noch lange an ihm.

Vielleicht liebte A. die hohen Berge, weil er aus der pommerschen Ebene stammte, wo der kleinste Hügel keine zehn Meter hochragt. Diese unendlich ausgedehnte Fläche erkannte er als seine Heimat oder wenigstens Herkunft an und hohe Berge als eine Herausforderung, der er sich stellen mußte, denn er suchte Herausforderungen. In der DDR gab es höchstens den Harz und den Thüringer Wald, deren Gipfel an kaum einer Stelle einmal tausend Meter übersteigen, das war so lächerlich wie die ganze DDR und keine Herausforderung. Berge sollen in den Himmel ragen, an Wolken kratzen oder sich von ihnen bekränzen oder verschleiern lassen. Sollen Gletscher sein mit ewigem Schnee. Gipfel, die da seit Jahrhunderten und Jahrtausenden stehen und auf unsere Vergänglichkeit und unsere Lächerlichkeit herabsehen, auf unser kleines Leben, das *wir verbringen wie ein Geschwätz*.

A. suchte aber nicht nur die Herausforderung, sondern wohl auch die Grenze, das Extrem und die Gefahr, sogar die Lebensgefahr. Einmal im Jahr muß ich mich in Lebensgefahr begeben, hat er behauptet, und ich glaube, er meinte es ernst. Er war kräftig, gesund, hatte keinerlei körperliche Schwäche, wenn man von den Kopfschmerzen absieht, die aber von der Seele kamen; er war beweglich, leichtfüßig, hochbeinig, gut trainiert vom vielen Fahrradfahren und schnell wie alle Fluchttiere, Antilopen, Gazellen, Giraffen, aber er war auch ausdauernd und stark, wie die, von denen sie gejagt werden, Löwen, Tiger, Leoparden. Jedenfalls hatte er, als er in den Westen kam, zuerst einmal in die Alpen aufbrechen müssen, wenigstens für ein paar Tage.

Später verbrachte er die Theaterferien jedes Jahr in den Dolomiten, da, wo sie am höchsten und am schroffsten sind, und legte sich mit den Jahren sogar eine professionelle Bergsteigerausrüstung zu. Das weiß ich, weil das einzige Foto, das er mir je von sich geschickt oder geschenkt hat, ihn in dieser Ausrüstung zeigt, über den Wolken auf einem Gipfel stehend, den er »Marmolada-Gipfel« nannte. Ich dachte natürlich, das sei ein Witz und er wolle auf »Möchtest du Käse oder Marmelade« anspielen, aber der Gipfel heißt tatsächlich so, ich habe es in einem Atlas nachgeschlagen. Hinter ihm ist auf dem Foto eine Gebirgskette zu sehen, die ihm bis zum Bauch reicht, zu seinen Füßen eine geschlossene Wolkendecke und ab dem Bauch weitet sich nur noch ein hoher blauer Himmel, so ähnlich wie beim *Mönch am Meer*, blau wie seine Augen und sein Pullover auf dem Bild vom *Nichtraucher*. A. hat seine Mütze tief in die Stirn gezogen und ist in Schnüre, Seile, Haken, Gürtel, Gurte, Knoten, Spangen und Strippen verstrickt, trägt dicke Handschuhe, eine riesige verspiegelte Sonnenbrille auf der Nase und ist so gut wie unerkennbar.

Ich sollte wohl über diese Verkleidung lachen und lachte auch, als ich ihn so auf dem Bild sah. Da hatte ich ihn schon so lange nicht mehr gesehen, daß ich sowieso nicht mehr richtig wußte, wie er aussah. Hinten auf das Foto hatte er geschrieben: »Endlich kenntlich und auf der Höhe!«

Die Alpen, fand er, nachdem er nun schon einige Jahre im Westen lebte, seien das einzige, was der Westen dem Osten unbestreitbar voraushabe. Denn ansonsten sei der ganze Westen ja nur eine einzige große Enttäuschung. Wenn er nicht bergsteige, und das tue er ja nur einmal im Jahr, müsse er von einer Inszenierung zur anderen eilen, von einer Stadt in die andere und von einem Erfolg zum nächsten.

Wie ihn das alles anstinkt.

Wie er das jetzt alles haßt.

Wie er das alles verachtet.

Wie widerlich er das findet.

Wie beschämend.

Trostlos und einfach zum Kotzen.

So sinnlos.

Nur Anpasserei und Korruption herrscht da, nur Krachmachen zählt, Sich-durch-irgendwelchen-Quatsch-interessant-Machen. So klagte er.

Und wenn er einfach aufhören würde? Wenn er allem entsagen, das Spiel nicht mehr mitspielen, sich verweigern würde? fragte er sich nun.

In Moskau damals war das alles ganz anders, erinnerte er sich, das waren nicht alle nur selbsternannte Genies. Da gab es wenigstens eine echte Subkultur, die Leute hielten zusammen. Aber die meisten von ihnen waren ja jetzt ausgewandert. Oder gestorben, wie Wyssotzky.

Er wolle am liebsten gar kein Theater mehr machen, schrieb er, lieber nur noch Opern inszenieren. Von Musik verstehe er etwas, er habe das absolute Gehör, und mit einem Dirigenten könnte man vielleicht noch richtig zusammenarbeiten, sich gegen das Krachmacher-Theater verbünden, denn die am lautesten von sich reden machten, hätten an der Oper nichts zu gewinnen. Und mit Theaterbeamtenmentalität komme man auch nicht weiter. Glaubte er wenigstens und hoffte er.

Wegen all dieser Enttäuschungen müsse er zwischendurch immer in den Dolomiten klettern, um von deren Gipfeln auf all das Gerenne und Getue, die Gefallsucht und diese unerträglichen Eitelkeiten herabzuschauen. Doch wenn er da oben auf dem Gipfel stehe oder an einem Felsvorsprung am Seil hänge, überkomme ihn auch manchmal der Wunsch zu fallen, sich fallen zu lassen, einfach fallen zu lassen.

Das schrieb er alles in dem Brief, in dem das Bild steckte, A. auf dem Gipfel der Marmolada, vergürtet, verschnallt, verspiegelt, verhüllt.

Einmal entdeckte ich in einer französischen Zeitung eine große begeisterte Besprechung einer Operninszenierung von A. an irgendeiner wichtigen Bühne, schickte ihm den

Artikel in einem Brief mit und gratulierte zu seinem Erfolg. Aber das hörte er gar nicht gern und antwortete mißmutig, ja, er habe jetzt meistens Erfolge, aber das sei nur deshalb wichtig, weil er sich ja auf dem Markt behaupten müsse, und auf dem freien Markt brauche man eben den Erfolg, um seinen Marktwert hoch genug zu halten, und er, damit er genug Geld verdiene, um nicht immer inszenieren zu müssen. Denn er würde gern noch ein bißchen nachdenken können und Zeit dafür haben, ohne zu hetzen und ohne den Druck, daß dabei etwas herauskommen müsse. Nachdenken und vielleicht auch etwas schreiben – über diesen schrecklichen Zustand unserer Welt, in der die Kunst sich sowieso langsam überflüssig mache.

»Vor sehr langer Zeit schon hat Marx gesagt, Kunst ist Ware, und damit hat sie sich dann selbst erledigt. Die Alternative aber ist Esoterik, Isolation, Einsamkeit. Und das sind Formen des Verstummens, eine Art Kapitulation, letztlich Unterwerfung«, schrieb er.

Immer öfter sagte er jetzt in seinen Briefen, daß er seinen Beruf verfluche und ihn am liebsten aufgeben möchte, und einmal schickte er auch einen größeren Essay mit, eben über den furchtbaren Zustand der Welt, in der es vor lauter Profitgier keinen Platz mehr für die Kunst gebe, wenn sie nicht seicht sein wolle. Er fürchte, schrieb er dazu, das liege vielleicht nicht ganz auf meiner Wellenlänge, doch dann solle ich »das Papier«, wie er seinen Essay mit dem gewöhnlichen *understatement* nannte, einfach in den Müll werfen. Es lag tatsächlich nicht auf meiner Wellenlänge, ich überflog es, verstand wenig von den Analysen und Feststellungen voller Zahlen und Worte, die ich vorher noch nie von ihm gehört hatte, und legte es weg. Natürlich warf ich es nicht in den Müll. Jetzt ruht es mit allen anderen Papieren in dem kalifornischen Kekskisten-Sarg.

Daß die Mauer fiel, unerwartet und unverhofft, erlebten wir beide aus der Ferne.

Ich fühlte mich nicht mehr wirklich betroffen und hatte auf die Frage, die man mir ständig stellte, was denn nun weiter passieren würde, keine Antwort. Vielmehr mußte ich daran denken, daß unsere Moskauer Freunde es schon damals in ihren Küchen genau so vorausgesagt hatten: Erst implodiert das System, und dann zerfällt das ganze Imperium, das werdet ihr bald erleben.

A. stürzte, um den historischen Moment nicht zu verpassen, sofort nach Berlin. Von dort berichtete er mir euphorisch von allen runden Tischen, Bürgerforen und Initiativen, an denen er teilnahm und mitarbeitete. Er schickte Manifeste, die er geschrieben hatte und in denen er nun eine ganz neue Gesellschaft entwarf, indem er Marx sozusagen vom Kopf auf die Füße stellte. Eine Renaissance der Künste erhoffte er auch, er ließ sich sogar wieder beim *Berliner Theater* sehen und konnte sich vorstellen, dort zu inszenieren, um endlich zu einem politischen und poetischen Theater aufzubrechen, einem

Theater, das, ja! die Welt verändert. Kein Staatstheater, kein Krachmachertheater, kein Lackaffentheater! Er bat mich sogar, ihm etwas dafür zu schreiben; er meinte wohl ein Theaterstück. Aber seit ich damals am *Berliner Theater* gescheitert bin, ist das Theater für mich nur noch die Erinnerung an einen wilden Zauber aus Worten, Staub, Licht und Türenknallen, dem ich mich nicht mehr aussetzen möchte.

In seinem Überschwang mietete sich A. gleich wieder eine kleine Wohnung in Berlin, im Osten, gar nicht weit von dem dummen leeren Platz entfernt, wo wir uns am Abend unserer ersten Begegnung geküßt hatten und der Laster uns im ersten Morgenlicht wie ein alter Komplize zuhupte. Nun hatte A. nach all den wechselnden Adressen in den wechselnden Städten und Ländern wieder eine Adresse in Berlin, an die ich ihm meine Briefe schickte, obwohl er auch noch bei einer Frau in einer anderen Stadt wohnte; diese Adresse sei jetzt aber nicht mehr gültig, erklärte er. Postalisch. Bitte schreib mir nach Berlin.

Unsere Briefe jedoch redeten, je öfter A. ihnen seine Manifeste und Essays beilegte, immer mehr aneinander vorbei. Nachdem die erste Euphorie verflogen war, klagte er fast nur noch über den Rückfall in den Kapitalismus nach der Wiedervereinigung. Das konnte es doch nicht gewesen sein, seiner Ansicht nach mußte es eine Alternative zum Kapitalismus geben. Ein humaner Sozialismus. Der müsse doch möglich sein. Der Kapitalismus sei unmenschlich. Zwar habe er sich seit Marx verändert, aber unmenschlich sei er immer noch. »Heute erscheint es mir durchaus, daß der Kapitalismus hätte besiegt werden können. Jetzt besiegt er die Menschheit, wenn man ihn läßt. Man muß etwas tun«, schrieb er.

Seine Worte hatten nichts mehr von unserer alten melancholischen Klage über das Unverstandensein in der Welt als Preis für unser stolzes Unangepaßtsein, sie redeten plötzlich von Kampf und Sieg und Niederlage. Früher waren wir vielleicht mit dem Versuch gescheitert, aus Enttäuschung Poesie zu gewinnen, nun aber schien A. mir dabei zu sein, nach dem Beispiel Che Guevaras dazu aufzurufen, Haß in Energie zu verwandeln. Seine Worte klangen haßerfüllt, so hatte ich ihn noch nie sprechen gehört; ich verstand nicht, was ihn so sehr verbittert und verändert hatte. Damals hatte er noch gesagt, unsere Losung sollte *stärker, größer, schöner, leidenschaftlicher, dunkler* sein. Und nicht Kampf, Sieg, Niederlage.

In unseren Briefen hatten wir uns doch immer über alles lustig machen können, auch über uns selbst, wie wir da wohl etwas schief in unserer selbstgewählten, vielleicht sogar eingebildeten Marginalität herumposierten, während äußerliche Erfolge nicht ausblieben, über die wir natürlich auch nur lachten. Nun aber nahm er alles bitterernst und kommentierte den Zustand der Welt, als stünde ihr Untergang bevor.

Diese Briefe habe ich gar nicht mehr richtig gelesen, nur noch überflogen und mich sogar angeklagt gefühlt, weil ich mit seinen antikapitalistischen Reden und ökonomischen Analysen nicht mithalten konnte. Und weil der Antikapitalismus nie sehr weit vom Antisemitismus entfernt ist, habe ich angefangen, mich vor seinen Briefen zu fürchten.

Und tatsächlich schrieb er immer häufiger und immer deutlicher, wie befremdlich ihm meine »Flucht aus der Realität« vorkäme, denn er sah ja das, was ich als meinen Aufbruch ins Innere des Judentums erlebte, als eine Art Krankheit an und berief sich dabei auf Freud, der die Religion als Neurose betrachte. Ich solle statt dessen doch lieber nach Berlin zurückkehren, dort würde ich jetzt gebraucht. Er wünsche sich, ich gäbe all das andere, das ihm so fremd sei und sich in Gefilden abspiele, in die er mir nicht folgen könne, wieder auf. In der DDR, bemerkte er ein andermal, habe es zwar keine Alpen gegeben, aber man habe wenigstens nicht über Juden und Antisemitismus reden müssen. Das sei besser gewesen. Und ich hätte bloß einen Spleen.

Ja, so deutlich sagte er es jetzt. Er durchbrach unsere bis dahin eingehaltene Neutralität und desertierte aus der *Sfäre der Poesie.* Manchmal setzte er allerdings hinzu, »vielleicht habe ich ja auch nicht recht«.

Ich wiederum hielt alle diese Manifeste und Anklagen, die er glaubte mit mir teilen zu müssen, für den Ausdruck einer tiefen Lebenskrise und fand, es war A., der sich in Gefilde begab, in die ich ihm nicht mehr folgen konnte. Zum ersten Mal in all den Jahren schrieb er viel, und ich antwortete selten.

Jeder hielt den anderen von einer unerklärlichen

Krankheit befallen und wünschte ihm Heilung. Das Unverständnis konnte nicht größer sein. Aber noch immer hielten wir aneinander fest.

Wie im echten Drama gab es kurz vorm Ende, im letzten Akt, noch eine Peripetie. Fast hätten wir uns noch einmal wiedergesehen. In Berlin. Fast.

Ich war zu einem Literaturfestival eingeladen worden, das im Herbst dort stattfinden sollte. An verschiedenen Schauplätzen, unter anderem auch im *Berliner Theater*, sollte es Lesungen, Gespräche und Veranstaltungen geben. Es wäre doch interessant, wenn ich bei dieser Gelegenheit als alte Ostberlinerin über meine Erlebnisse und Erfahrungen sprechen würde, seit ich aus Berlin weggegangen war, sagte der Mann, der mich einlud, die Stadt habe sich seitdem so unglaublich verändert, und Künstler aller Kontinente, aus Paris, New York und Tel Aviv, kämen, um sich in Berlin niederzulassen. Als ich ihn so am Telefon mit dem vertrauten Berliner Klang sprechen hörte, bekam ich heftiges Heimweh und wünschte mich so schnell wie möglich nach Berlin zurück. Nicht, um zurückzukehren, sondern um den Trennungsschmerz zu besänftigen, Unabgeschlossenes vielleicht zum Ende zu bringen, das Krumme sozusagen geradezubiegen.

Gleich am Telefon kam mir die Idee, bei der Gelegenheit noch einmal die zu DDR-Zeiten nur ein einziges Mal aufgeführte Kleist-Montage *Dichter in Preußen* vorzustellen, in einer szenischen Lesung etwa.

Der Festivalleiter begrüßte die Idee, dazu brauchen wir aber jemanden, der das in die Hand nimmt, sagte er, am besten vom Theater, und ich sagte sofort, darum kümmere ich mich, ich weiß schon, wer das machen wird. Ich platzte vor Tatendrang und wollte sofort, ohne noch eine Minute zu warten, als sei es das Normalste von der Welt und als habe es nicht in den letzten Zeiten diese Entfremdung gegeben, A. anrufen. Alle Verstimmung war von der Freude über ein mögliches Wiedersehen, vielleicht sogar Zusammenarbeiten wie fortgespült.

Ich kramte irgendeine Telefonnummer hervor, eine Frau kam an den Apparat, ich nannte meinen Namen, stammelte, um mich vorzustellen, etwas von »Freundin, Kollegin, ehemalige Mitarbeiterin« und sagte, daß ich A. dringend sprechen müsse, wo ich ihn erreichen könne. Die Frau gab mir seine Berliner Telefonnummer und erklärte, er müsse aber am nächsten Morgen sehr früh nach Bonn und habe schrecklich viel zu tun, viele wichtige Termine, sehr wichtige Termine, das wisse sie.

A. war sofort am Telefon, als habe er den ganzen Abend auf meinen Anruf gewartet, obwohl wir doch überhaupt nur ein einziges Mal in all den Jahren miteinander telefoniert hatten, seit wir beide im Westen waren. Er tat gar nicht erstaunt über meinen Anruf, seine Stimme klang, wie sie immer geklungen hatte, kräftig und temperamentvoll, der Tonfall freudig und nicht, wie in seinen letzten Briefen, anklagend und streng. Sofort war auch er begeistert von der Möglichkeit, unser altes Kleist-Projekt noch einmal zum Leben zu erwecken, und zwar im *Berliner Theater*, natürlich werde er das machen, eine phantastische Idee, wir machen das zusammen! Zu dieser Zeit sei er auch gerade in Berlin, der Termin passe wie die »Faust aufs Auge«. Er werde gleich ein paar Kollegen zusammentrommeln, vielleicht sogar einige von den damaligen Schauspielern, sagte er, sonst machen wir es eben unter uns, mit dem Dramaturgen, dem Komponisten, unserer alte Kleist-Clique, die machen bestimmt mit, die freuen sich. Er steigerte sich, genau wie ich, in die mögliche Wiedergeburt unseres *Dichters in Preußen* hinein, wir überboten uns gegenseitig an Ideen, so wie damals, als wir unsere allerersten Kleist-Pläne geschmiedet und den eingeschlafenen Valentin verlassen hatten. Plötzlich erschien es uns ganz natürlich, daß es so hatte kommen müssen, wir lachten und alberten am Telefon herum und freuten uns über die späte Revanche. Das kann nur Kleist selbst aus seinem fernen Himmel eingefädelt haben, fanden wir, nun agiert er als Festivalleiter, wie Jupiter als Amphitryion. Wir sprachen in einem Überschwang von Einverständnis, Freundschaft und Nähe miteinander, waren übermütig und aufgeregt, ja verliebt, wie vor so langer Zeit, als A. gerade hundert geworden und ich fast noch eine Studentin war.

Ich erinnerte ihn an seine »sehr wichtigen« Termine am nächsten Morgen, die ich gerade von der Frau in der anderen Stadt erfahren hatte, was er ja nicht wissen konnte, aber er tat, als wäre auch das ganz normal, daß ich über alles Bescheid wußte. Er fürchte nur, den Zug zu verpassen, sagte er, und darauf bot ich ihm an, ihn mit einem Anruf zu wecken, darüber lachten wir uns auch gleich wieder kaputt, allerdings lachten wir jetzt fast nur noch. Tatsächlich stellte ich mir den Wecker auf 5 Uhr 30 und rief durchs Telefon: »Aufwachen! Aufstehen! Frühstücken nicht vergessen! Nimmst du Käse oder Marmelade?«

Im Herbst aber, kurz vor Beginn des Literaturfestivals, zerplatzte alles. Aus irgendwelchen Gründen kam die Lesung der Kleist-Montage wieder nicht zustande, ich weiß nicht einmal mehr, woran es lag, es waren wohl ganz profane, technische, organisatorische Gründe, keine Zensur oder sonstige politische Einmischung diesmal, aber es lief doch auf das gleiche hinaus wie vor 25 Jahren zu DDR-Zeiten. Genau an demselben Ort, im *Berliner Theater*, blieb der *Dichter in Preußen* wieder unaufgeführt. Eine Assistentin des Festspielleiters rief an und teilte es mir mit, sie wollte auch allen anderen Bescheid sagen, also A., dem Dramaturgen und dem Komponisten, die ich inzwischen alle mobilisiert hatte.

Von A. hörte ich dann nichts mehr, gar nichts, als hätten wir nicht gerade noch große Pläne geschmiedet. Es wunderte mich, aber ich wagte nicht mehr, ihn anzurufen, ich konnte nicht verstehen, was geschehen war, und hatte meinen Elan und meinen Mut wieder verloren. Das

Festival fand natürlich trotzdem statt, ich fuhr nach Berlin, nahm an Gesprächen und Lesungen teil, sah alte Freunde und Kollegen wieder, aber nicht A. Die Stadt, die ich vor vielen Jahren verlassen hatte, konnte ich an manchen Stellen überhaupt nicht wiedererkennen, an anderen aber war alles ganz unverändert, noch ganz DDR, hinter jeder Ecke mußte ich gewahr sein, entweder auf etwas völlig Verändertes oder etwas völlig Unverändertes zu stoßen, und diese Verschiebung von Zeiten und Lebensepochen, von wiedergefundenen oder zertrümmerten Erinnerungen brachte mich ganz durcheinander.

A. hatte doch gesagt, er werde zur Zeit des Festivals in Berlin sein, ich hoffte und fürchtete also, daß er plötzlich irgendwo auftauchen würde, bei einer der Lesungen etwa, wie der Hauptdramaturg, der irgendwann in der ersten Reihe saß und sich freute, mich wiederzusehen, so wie ich mich auch freute. Auch er verstand nicht, wo A. geblieben war, er hatte ihn noch, kurz nachdem das Projekt abgesagt worden war, getroffen, und sie hatten beide bedauert, daß es nicht zustande kam, erzählte er, aber jetzt habe er schon eine längere Zeit nichts mehr von ihm gehört und ihn nirgends gesehen.

Aus Stolz und weil ich gekränkt war, rief ich A. nicht an und fuhr auch nicht bei ihm vorbei, was ich ja hätte tun können. Einfach plötzlich vor seiner Berliner Wohnungstür stehen. Da bin ich, hallo. Doch ich hatte schon zu lange Zeit vorher keinen Brief und keine Nachricht mehr von ihm bekommen und auch selbst nichts mehr von mir hören lassen.

Vielleicht war er krank. Vielleicht war er sehr krank. Aber diese Angst verwarf ich schnell. Er war doch so sportlich und gesund und hatte so lange Beine und nie im Leben eine Zigarette geraucht.

Einige Wochen nach dem Berliner Festival erhielt ich noch einen letzten Brief. Ein Brief, der mich zur Verzweiflung und zum Verstummen brachte, wie einen Angeklagten, der sich unschuldig weiß und deshalb trotzig schweigt.

A. hatte in einer Zeitung ein Interview mit mir gelesen und teilte mir in seiner sich ringelnden, kringelnden Schrift sein Entsetzen mit: »Warum reitest Du immer auf diesen jüdischen Sachen herum? Findest Du das wichtig? Du hast durch Deine Eltern nichts als Privilegien erfahren, und nun führst Du Dich als ewiges Opfer auf.«

Das sei doch alles unehrlich und unwichtig, was ich da sagte und schrieb, nur Getue. »Ich habe Deine Entscheidung, nach den jüdischen Regeln leben zu wollen, respektieren müssen, mehr nicht. Ich empfand und empfinde es als befremdlich und als ganz fremd.

Man muß jetzt den Kapitalismus bekämpfen, er führt sich schlimmer als je auf. Das ist wichtig!«

Ablehnung und Unverständnis für meine Suche nach dem verlorenen Judentum hatte er mir ja schon lange zu verstehen gegeben, aber ich hatte lange, »leidenslustig«, wie meine Mutter das nannte, darüber hinweggesehen. Doch die *Sfäre der Poesie* war nun wohl aufgebraucht, vielleicht irgendwo zwischen Venus, Jupiter und Mars vom Universum absorbiert.

Ich faßte es so auf: A. mochte Juden nicht. Warum auch? Er hielt mich, wegen der Art, wie ich lebe, für krank, oder schlimmer noch, für eingebildet.

Ich hielt ihn, wegen der Art, wie er nun sprach und dachte, für verloren in einer Ideologie und, schlimmer noch, für einen Antisemiten.

Nach 26 Jahren und neun Monaten beendete ich unsere Korrespondenz. Ich zerschnitt das Band, aber ich habe kein Drama inszeniert, keine Aussprache gesucht, ihn auch nicht angeklagt. Ich habe einfach nicht mehr geantwortet, nicht mehr geschrieben, nichts mehr erklärt. Worüber man nicht reden kann, darüber soll man schweigen. Ich schwieg. Es hat mir damals nicht einmal weh getan. Und habe unser undefiniertes, ungeregeltes, ungenormtes und ewig ungelöstes Ich-weiß-nicht-Was von Bindung, das wir nicht Liebe, aber auch nicht Freundschaft nennen mochten, unter all den Briefen, Notizen, Zetteln, Traumblättern und Zeichnungen in der kalifornischen Keksdose begraben, auf der *Worthley & Strong* steht. Da hätte als Grabinschrift stehen können: Hier ruht *stärker, größer, schöner, leidenschaftlicher, dunkler.*

Die Hoffnung auf Versöhnung hatte ich aufgegeben.

Aber was heißt schon aufgeben.

Von A.s Tod erfuhr ich aus der Zeitung.

Es war mitten in der Ferienzeit, ich war für drei Wochen mit Yoav nach Österreich gefahren. Da las ich es eines Tages im Feuilleton, eine kleine Meldung. Natürlich konnte ich nicht glauben, was da stand, man kann es ja nie glauben, daß jemand gestorben ist.

Aber er war doch noch gar nicht alt, oder?, sagte Yoav, als ich ihm die Seite zeigte. Ich sagte nein, nicht alt, wirklich nicht alt, so was in den Sechzigern. Hundertsechzigern, dachte ich, sagte es aber nicht. Das ist doch heutzutage viel zu früh zum Sterben.

Später hat mich der Hauptdramaturg, den ich in Berlin wiedergetroffen hatte, angerufen und mir von den Umständen von A.s Tod berichtet.

Eine schnelle Krankheit, ein schneller Tod.

Er erzählte mir auch, wo A.s Grab zu finden sei, auf welchem Friedhof, und wer alles bei dem Begräbnis dabeigewesen war.

Aber hatte mir A. nicht damals, als er aus Berlin wegging, gesagt, wir werden nicht auseinanderkommen, wir können uns gar nicht verlieren? Und hätte es nicht doch, auch wenn wir uns in der letzten Zeit immer mehr und immer öfter des gegenseitigen Unverständnisses und der Abwendung voneinander angeklagt hatten, noch ein unverhofftes Wiederverstehen geben können, so wie an dem Tag, als ich ihn anrief und wir neue Kleist-Pläne schmiedeten und herumalberten und alles Schwere zwischen uns wie ausgeräumt schien? Hätten wir die einzelnen Teile unserer Gegensätzlichkeiten nicht zueinanderfügen können?

Erst in den langen Monaten der Trauer haben sich mir aus dem Nebel des Mißverstehens Bilder von A. enthüllt, wie ich sie nun mit mir herumtrage.

Seine blauen Augen
Sein blauer Pullover
Seine langen Beine
Gazelle, Giraffe, Antilope
Fluchttier
Wie er sich beim Fahrradfahren in die Kurve legte
Wie er auf die Bühne sprang
Wie er die drei Treppen in der Artur-Becker-Straße hochrannte
Wie er in kalten Kirchen Orgel spielte
Wie er am ersten warmen Tag des Jahres voller Überschwang sofort das Futter aus seinem Trenchcoat riß und dann noch wochenlang frieren mußte
Seine laute Stimme
Sein liebevoller Blick
Sein ironischer Blick
Sein melancholischer Blick
Sein Überdruß
Seine Erwartung

Aber heute weiß ich nicht mehr – unsere ungeregelte, ungelöste und unlösbare Bindung, war es Liebe oder war es Theater?

Die Verklärungssucht, der Hingebungswahn, die Exerzitien der Versagenslust, das Warten, das Horchen, das Hoffen, die Angst, die Ungewißheit, die Hoffnungslosigkeit, die Verlassenheit, die Trostlosigkeit, das Trotzen, das Schweigen, das Festhalten, Zerren, Klammern, Bitten, das Verweigern und Wegschicken, das Abwenden, das Halten und Festhalten, die Leibeigenschaft, die Vorwürfe, der Anspruch und die Beanspruchung, das Unverstandensein und das Unverständnis, die Klagen und Anklagen, warum kannst du mich nicht verstehen, das ganze Gerede und Getue, Liebe müsse immer unglücklich und schmerzlich sein und immer weh tun, müsse an Körper und Seele Wunden reißen, stärker, größer, schöner, leidenschaftlicher, dunkler sein, die Liebenden müßten getrennt sein, denn die Abwesenheit ist ja – wie Proust meint – *die allerlebendigste, die unzerstörbarste und die treueste aller Gegenwarten*, ja, die Liebenden sollten das Liebste, Schönste und Wertvollste, was sie besitzen, auf dem Altar der Liebe opfern, so wie Heiden ihre Totems oder Tabus.

Wir waren doch keine Heiden.

Unsere ungeregelte, unauflösliche und ungelöste Bindung, war es nur eine Novalis-Else-Lasker-Schüler-Proust-Kleist-Mönch-am-Meer-Inszenierung?

Aber der Text zu diesem Spiel, war er nicht mit »der Tinte des Herzens« geschrieben?

Die Lebenden wissen nur, daß sie sterben müssen, und die Toten wissen gar nichts mehr.

Eine Erinnerung aus der Zeit am *Berliner Theater* geht mir nicht aus dem Kopf. Während einer der ersten *Prinz von Homburg*-Aufführungen verletzte sich die Natalie-Darstellerin, wurde ganz bleich, blutete, verharrte aber in ihrer Pose, und der Prinz von Homburg-Darsteller, ebenfalls in seiner Pose verharrend, flüsterte eindringlich, ja schrie mit gedeckter Stimme, Vorhang! Vorhang!, bis der Inspizient den rotsamtenen Vorhang über die verwundete Natalie und den hilflosen Prinzen von Homburg zurauschen ließ. Natürlich klatschte dann niemand. Kein Applaus.

A. mußte zu einer kurzen Ansage vor den Vorhang treten. Wegen des Unfalls muß die Vorstellung leider abgebrochen werden. Vielen Dank für ihr Verständnis.

Das Publikum erhob sich betreten, die Leute gingen hinaus, holten sich ihre Mäntel an der Garderobe und verließen das Theater. Die Natalie-Darstellerin wurde ins nächstgelegene Krankenhaus gefahren, während sich die Kollegen in der Kantine den Schock wegtranken. Danach brachte mich A. mit dem Fahrrad nach Hause, ich saß vorn auf der Fahrradstange, wie immer. Kein Volkspolizist hielt uns an.

Als ich A.s letzten Brief mit dem »Warum reitest Du immer auf den jüdischen Dingen herum« erhielt, habe ich ihn Yoav gezeigt und ihn gefragt, was ich denn darauf antworten solle, aber natürlich gab er mir keinen Rat, denn da wollte er sich nicht einmischen, das war ja mein Problem.

Er sagte nur, mein Gott, eure Geschichte ist ja schlimmer als die ganze deutsch-jüdische Symbiose, und lachte, was ich sehr unpassend fand.

Und warum er auch noch A. heißen mußte! Wie konntest du denn diesen Namen je aussprechen.

In meinen Träumen lebt A. noch immer. Wir sprechen, wir lachen, wir streiten, wir lieben uns, er begleitet mich, er besucht mich, er geht fort. A. fährt mit dem Fahrrad durch Berlin und Moskau und Städte, die ich nicht erkennen kann, er springt auf die Bühne in Frankfurt, spielt Orgel in Wien, er ist zärtlich zu mir oder mißachtend und abgewandt, im Osten oder im Westen, in Paris, Zürich oder in der Artur-Becker-Straße. Wir gehen inmitten vieler Leute und reden, oder wir spazieren ganz allein im Friedrichshain und schweigen, wir sitzen mit Kleist in der Wohnung, in der ich ein Kind war, oder mit Caspar David Friedrich im Café *Moskwa.* Manchmal ist auch mein Vater dabei oder meine Mutter oder Kollegen vom *Berliner Theater* oder Nachbarn aus Berlin oder Freundinnen oder ganz unbekannte Menschen, manchmal treten auch seine Frauen und Kinder auf und manchmal sogar Yoav und sogar seine Eltern.

Einmal wasche ich Wäsche in der Badewanne in der Wohnung meiner Mutter, und ich weiß, daß A. in einem Zimmer der Wohnung ist, ich möchte zu ihm, aber ich muß die Wäsche waschen, und dann sagt mir Yoav, und nicht meine Mutter, daß A. schon wieder gegangen ist, ehe ich ihn noch hatte begrüßen können.

Ein andermal sitzt A. mit einer Katze auf dem Schoß und erklärt mir, wie man ihr das Fell abzieht und an welcher Stelle man einstechen muß, mit einem Messer, um sie zu töten. Dann bin ich im Traum einmal mit meiner Freundin im Theater, sie spielen den *Prinz von Homburg*, aber den will ich auf keinen Fall sehen, bloß das nicht! Der Regieassistent erkennt mich und ruft, ich solle dableiben, aber ich laufe quer über die Bühne weg, dabei sehe ich beim Inspizienten das Textbuch liegen mit den angestrichenen Stellen, an denen der Vorhang auf- und zugehen muß, und dann sehe ich auch A., wie er auf der Hinterbühne mit dem Beleuchter spricht und mir dabei direkt ins Gesicht sieht, ohne eine Miene zu verziehen, ich gestikuliere, um meine Anwesenheit zu bekunden, er reagiert aber nicht. Ich laufe traurig nach Hause.

Wieder ein andermal haben wir uns auf der Dimitroff-Straße verabredet, es regnet, ich warte auf ihn, er kommt mit seinem Fahrrad, ganz durchnäßt, ich laufe ihm entgegen und gebe ihm einen Kuß, merke aber gleich, daß er mürrisch ist, er erwidert den Kuß nicht, dann redet er auf mich ein, aber ich höre ihn nicht, meine Kräfte verlassen mich, ich falle in Ohnmacht. A. erweckt mich wieder aus meiner Ohnmacht, und dann suchen wir in der ganzen Stadt das *Berliner Theater* und finden es nicht, dann suchen wir noch seine Wohnung und dann meine, die können wir auch nicht finden, die Menschen, die an uns vorbeilaufen, können uns auch nicht helfen, und wir wissen nun überhaupt nicht mehr, wohin und wo entlang. Alles bleibt ungeklärt, aber dafür ist A. nicht mehr mürrisch, und wir sprechen über vieles. Wir haben jetzt auch viel Zeit.

Nach dem Aufwachen fällt es mir erst nach ein paar Momenten wieder ein:

A. ist jetzt tot.

Barbara Honigmann im dtv

»Sinnlich, lebendig, lebensklug.«
Jürgen Verdofsky in ›Literaturen‹

Alles, alles Liebe!
Roman
ISBN 978-3-423-13135-3

Mitte der 70er Jahre. Anna, eine junge jüdische Frau in Ost-Berlin geht als Regisseurin an ein Provinztheater. Zurück bleiben ihre Freunde, ihre Mutter, ihre ganze Existenz. Und nicht zuletzt Leon, ihr Geliebter.

Damals, dann und danach
ISBN 978-3-423-13008-0

Ein überaus persönliches Buch, das von vier Generationen erzählt und davon, wie eng Gestern und Heute verknüpft sind.

Ein Kapitel aus meinem Leben
ISBN 978-3-423-13478-1

Das Leben einer außergewöhnlichen Frau im Europa der Kriege und Diktaturen. Eine Tochter erzählt von ihrer Mutter: geboren 1910 in Wien, aufgewachsen im Grenzgebiet zwischen Ungarn und Kroatien, schließlich vor den Nazis nach London geflohen.

Roman von einem Kinde
ISBN 978-3-423-12893-3

Sechs literarische Erzählungen, die einen direkten Eindruck vom Leben einer im Nachkriegsdeutschland geborenen Jüdin geben.

Eine Liebe aus nichts
ISBN 978-3-423-13716-4

Zwei ineinander verflochtene Geschichten, vom Vater, dem Journalisten Georg Honigmann, seiner Tochter und deren Auf- und Ausbruch aus Deutschland und ihrer gescheiterten Liebe.

Soharas Reise
Roman
ISBN 978-3-423-13843-7

Sohara, algerische Jüdin, nach Frankreich »repatriiert«, erzählt von Lebensreisen, Exil und Aufbruch – und von einer bewegenden Emanzipation.

Bilder von A.
ISBN 978-3-423-14240-3

Die Geschichte einer großen, weitgehend unerfüllten Liebe. Ein Erinnerungs- und Nachruf an A., den bedeutenden Theaterregisseur, der ihr Lebensmensch war und der jetzt tot ist.

Irene Dische im dtv

»Irene Dische besitzt einen Humor, der nicht den Zeigefinger hebt, sondern angelsächsisch lustig ein Zwinkern vorzieht.«
Rolf Michaelis in ›Die Zeit‹

Der Doktor braucht ein Heim
Übers. v. Reinhard Kaiser
ISBN 978-3-423-**13839**-0
Brillante Erzählung, in der die Tochter ihren Vater in ein Altenheim bringt und der betagte Nobelpreisträger sein turbulentes Leben Revue passieren lässt.

Ein Job
Kriminalroman
Übers. v. Reinhard Kaiser
ISBN 978-3-423-**13019**-6
Ein kurdischer Killer in New York – ein Kriminalroman voll grotesker Komik.

Fromme Lügen
Übers. v. Otto Bayer und Monika Elwenspoek
ISBN 978-3-423-**13751**-5
Irene Disches legendäres Debüt: Erzählungen von Außenseitern und Gestrandeten.

Großmama packt aus
Roman
Übers. v. Reinhard Kaiser
ISBN 978-3-423-**13521**-4
und dtv AutorenBibliothek
ISBN 978-3-423-**19134**-0
»›Großmama packt aus‹ zeigt das Gesamtbild bürgerlicher Familienkatastrophen. Unbarmherzig, liebevoll, hinreißend.« (Michael Naumann in der ›Zeit‹)

Loves / Lieben
Übers. v. Reinhard Kaiser
ISBN 978-3-423-**13665**-5
Irene Disches Liebesgeschichten sind eigentlich moralische Erzählungen. Sie suchen nach Gerechtigkeit und finden sie nicht. Denn die Liebe ist zutiefst unfair.

Clarissas empfindsame Reise
Roman
Übers. v. Reinhard Kaiser
ISBN 978-3-423-**13904**-5
Um ihren Liebeskummer zu vergessen, will Clarissa nach New York reisen. Stattdessen landet sie aber in Miami, mitten in einem erhitzten Wahlkampffrühling.

Veränderungen über einen Deutschen oder Ein fremdes Gefühl
Roman
ISBN 978-3-423-**13958**-8
Die Geschichte eines Mannes, der nicht weiß, was Liebe ist – und schließlich so etwas wie die vollkommene Liebe findet.

Bitte besuchen Sie uns im Internet: www.dtv.de

Paula Fox im dtv

»Die beste amerikanische Autorin unserer Zeit.«
Brigitte

Was am Ende bleibt
Roman
Übers. v. Sylvia Höfer
ISBN 978-3-423-**12971**-8
Psychogramm einer Ehe und des amerikanischen Mittelstands. Ein Meisterwerk der klassischen Moderne.

Lauras Schweigen
Roman
Übers. v. Susanne Röckel
ISBN 978-3-423-**14209**-0
Ein einziger Abend und der darauffolgende Tag werden geschildert – und dabei die ganze Geschichte einer Familie erzählt. »Das liest sich spannend wie ein Kriminalroman, hat aber auch die Fallhöhe einer großen Tragödie.« (Berliner Zeitung)

In fremden Kleidern
Geschichte einer Jugend
Übers. v. Susanne Röckel
ISBN 978-3-423-**13346**-3
Paula Fox hat ein Buch der Erinnerungen an ihre Kindheit vorgelegt, ein bewegendes und erschütterndes Werk.
»Eine Sensation, ein Geschenk für Paula-Fox-Leserinnen.« (Brigitte)

Pech für George
Roman
Übers. v. Susanne Röckel
ISBN 978-3-423-**13438**-5
George ist Lehrer und unzufrieden mit seinem Leben und seiner Ehe. Ein Befreiungsversuch führt fast in die Katastrophe.

Luisa
Roman
Übers. v. Alissa Walser
ISBN 978-3-423-**13586**-3
Die Geschichte von Luisa, der Enkelin einer reichen Plantagenbesitzerin und einer Küchenhilfe.

Der kälteste Winter
Erinnerungen an das befreite Europa
Übers. v. Ingo Herzke
ISBN 978-3-423-**13646**-4
1946 reiste Paula Fox auf einem umgebauten Kriegsschiff ins befreite Europa …

Der Gott der Alpträume
Übers. v. Susanne Röckel
ISBN 978-3-423-**13859**-8
Lektionen der Leidenschaft und des Schmerzes – Paula Fox' zärtlichster und vielleicht spannendster Roman.

Mira Magén im dtv

»Mira Magén verfügt über die seltene Gabe, gerade die kleinen Dinge wahrzunehmen. Ihre Vergleiche und Metaphern sind von wundersamer Einzigartigkeit.«
Jehudit Orian in ›Yediot Aharonot‹

Klopf nicht an diese Wand
Roman
ISBN 978-3-423-**12967**-1
Jisca, eine junge Frau aus dem Norden Israels, verletzt die Tabus ihrer jüdisch-orthodoxen Herkunft. Die Welt, in die sie dabei eintaucht – das weltliche, bunte Jerusalem – ist nicht ihre, aber in ihr gelangt sie zu sich selbst.

Schließlich, Liebe
Roman
ISBN 978-3-423-**13201**-5
Sohara ist Krankenschwester in Jerusalem, Single, und entschlossen, ein Kind zu bekommen. Als sie eines Tages zufällig erfährt, dass einer der Ärzte, um sein Gehalt aufzubessern, regelmäßig eine Samenbank beliefert, kommt ihr eine verwegene Idee …

Als ihre Engel schliefen
Roman
ISBN 978-3-423-**14052**-2
Moriah, Anfang vierzig, Immobilienmaklerin, verheiratet, zwei Kinder, ist klug, ausgefüllt und alles andere als frustriert. Und doch lässt sie sich auf eine Romanze ein …

Schmetterlinge im Regen
Roman · dtv premium
ISBN 978-3-423-**24596**-8
Eine Mutter, die ihren kleinen Sohn vor 25 Jahren der Obhut der Großmutter überließ, kehrt zurück. Gegen Sehnsucht, Wut und Trauer kämpfend stellt sich der inzwischen erwachsene Sohn dem Wiedersehen.

Die Zeit wird es zeigen
Roman · dtv premium
ISBN 978-3-423-**24747**-4
Ein Unfall und seine Folgen – ein Roman von erschütternder Wucht, um schuldloses Schuldigwerden und die läuternde Macht von Liebe.

Wodka und Brot
Roman · dtv premium
ISBN 978-3-423-**24923**-2
Eines Morgens beschließt Gideon, Urlaub vom Leben, von Frau und Sohn zu nehmen. Hastiges Packen, eine Umarmung, ein Kuss – und für Amia, seine Frau, beginnt ein neues Leben, mit dem nicht zu rechnen war.

Alle Titel übersetzt von Mirjam Pressler.